10	ต / ฏ	dor	ㄉ
11	ถ / ฐ	tór	ㄊˊ
12	ท / ฑ / ธ / ฒ	tor	ㄊ
13	น / ณ	nor	ㄋ
14	บ	bor	–
15	ป	por	ㄅ
16	ผ	pór	ㄆˊ

17	ฝ	fór	ㄈˊ
18	พ / ภ	por	ㄆ
19	ฟ	for	ㄈ
20	ม	mor	ㄇ
21	ร	ror	ㄌ （彈舌）
22	ล / ฬ	lor	ㄌ
23	ย / ญ	yor	–

20	ເ-ີຍ	ia	ㄧㄚ
21	ເ-ືອະ	eua	˙ㄜㄚ
22	ເ-ືອ	eua	ㄜㄚ
23	-ົວະ	ua	˙ㄨㄚ
24	-ົວ	ua	ㄨㄚ
25	-ຳ	am	ㄚㄇ
26	ໃ-	ai	ㄞ

27	ไ-	ai	ㄞ
28	เ – า	ao	ㄠ
29	ฤ	rẽu	˙ㄌㄜ
30	ฤๅ	reu	ㄌㄜㄚ
31	ฦ	lẽu	˙ㄌㄜ
32	ฦๅ	leu	ㄌㄜㄚ

5個聲調

泰語聲調	泰語名稱	泰文標記	拼音標記
一聲	เอก ě	-่	√
二聲	โท too	-้	ˋ
三聲	ตรี dree	-๊	~
四聲	จัตวา jǎd da waa	-๋	ˊ
短音	สั้น sàn	-็	•

第 1 章

基本用語

常用問句

為什麼？ ทำไม? tam mai	什麼？ อะไร? a rai
何時？ เมื่อไร? mèua rai	哪裡？ ที่ไหน? tèe nái
如何／怎麼？ อย่างไร? yǎang rai	多少？ เท่าไร? tào rai
誰？ ใคร? krai	嗎？ ไหม? mái
是否？ หรือเปล่า? réu plǎo	……了嗎？／……了沒？ หรือยัง? réu yang

常用回應／回覆詞語

是 ใช่ chài	不是 ไม่ใช่ mài chài
可以、行 ได้ dài	不可以、不行 ไม่ได้ mài dài
了解、懂 เข้าใจ khào jai	不了解、不懂 ไม่เข้าใจ mài khào jai
要 เอา ao	不要 ไม่เอา mài ao
喜歡 ชอบ chòrb	不喜歡 ไม่ชอบ mài chòrb

常用句型

將要______

將要______

จะ______
ja

必學單字

吃飯	看書	去玩
กินข้าว	อ่านหนังสือ	ไปเที่ยว
gin khàaw	ǎan náng séu	pai tìaw

______了

______了

______แล้ว
lãew

必學單字

完成	拿／要	下雨
ทำเสร็จ	เอา	ฝนตก
tam sěd	ao	fón dǒg

正在____

正在____

กำลัง____อยู่
gam lang yǔu

必學單字

洗澡
อาบน้ำ
ǎab nãm

打字
พิมพ์ดีด
pim děed

唱歌
ร้องเพลง
rõrng plaeng

■ 在口語可以直接用[กำลัง／gam lang]+動詞，或動詞+[อยู่／yǔu]，例如：

正在去的路上
กำลังไป
gam lang pai

正在工作
ทำงานอยู่
tam ngaan yǔu

正在____了

正在____了

กำลัง____แล้ว
gam lang lãew

線／條 เส้น sèn	例如 項鍊 สร้อยคอ sòi kor 手鍊 สร้อยข้อมือ sòi khòr meu 腳鍊 สร้อยข้อเท้า sòi khòr tão
圈 วง wong	例如 戒指 แหวน wáen 腳環 กำไลข้อเท้า gam lai khòr tào 手鐲 กำไลข้อมือ gam lai khòr meu
支 แท่ง tàeng	例如 口紅 ลิปสติก lipstick 筆 ปากกา pǎag gaa 鉛筆 ดินสอ din sór 蠟燭 เทียน tian

罐 กระปุก gra bǔg	例如 乳液 ครีม cream
隻／張／件／字 ตัว dua	例如 衣服 เสื้อ sèua 褲子 กางเกง gaang geng 椅子 เก้าอี้ gào yèe 桌子 โต๊ะ dõ 沙發 โซฟา soo faa 動物 สัตว์ sǎd 裙子 กระโปรง gra poong 家具 เฟอร์นิเจอร์ furniture
串 พวง puang	例如 花串 พวงมาลัย puang maa lai 氣球 ลูกโป่ง lùug pǒong 葡萄 องุ่น a ngǔn
包／袋／個 ซอง sorng	例如 菸 บุหรี่ bu rěe 信封 ซองจดหมาย sorng jǒd máai

	例如
張／條 ผืน péun	圍巾 ผ้าพันคอ pàa pan kor 擦臉的布 ผ้าเช็ดหน้า pàa chẽd nàa 毛巾 ผ้าเช็ดตัว pàa chẽd dua 手帕 ผ้าเช็ดมือ pàa chẽd meu 腳踏墊 ผ้าเช็ดเท้า pàa chẽd tão
枚 เหรียญ rían	1 元硬幣 เหรียญบาท rían bǎad 5 元硬幣 เหรียญ 5 บาท rían 5 bǎad 10 元硬幣 เหรียญ 10 บาท rían 10 bǎad
枝 ก้าน gàan	香 ธูป tùub

台

เครื่อง

krèuang

例如

電腦

เครื่องคอมพิวเตอร์

krèuang computer

打字機

เครื่องพิมพ์ดีด

krèuang pim děed

洗衣機

เครื่องซักผ้า

krèuang sãg pàa

影印機

เครื่องถ่ายเอกสาร

krèuang tǎai ěg ga sáan

盤 จาน jaan	碗 ชาม chaam	人／位 คน ／ ราย kon raai
人次 คนครั้ง kon krãng	公尺 เมตร mèd	公里 กิโลเมตร gi loo mèd
100 公克 ขีด khěed	公斤 กิโลกรัม kilogram	公升 ลิตร lĩd

◆唸法的部分有兩個數字要特別留意

1. ๑（1）如果在尾數要唸 [ěd]，不可以唸 [něung]

๑๑	sǐb ěd	11
๒๑	yèe sǐb ěd	21
๓๑	sáam sǐb ěd	31

2. ๒๐（20）數字唸 [yèe sǐb]，不唸 [sórng sǐb]

๒๒	yèe sǐb sórng	22
๒๕	yèe sǐb hàa	25
๒๙	yèe sǐb gào	29

排名／次序

第……	ที่...	tèe
第一天	วันที่หนึ่ง	wan tèe něung
第二天	วันที่สอง	wan tèe sórng

第一位	คนที่หนึ่ง	kon tèe nĕung
第十位	คนที่สิบ	kon tèe sĭb
第一	ที่หนึ่ง	tèe nĕung
最後一個	ที่สุดท้าย	tèe sŭd tāai

時段

早上	ตอนเช้า	dorn chāo
中午	ตอนกลางวัน	dorn glaang wan
下午	ตอนบ่าย	dorn bǎai
傍晚	ตอนเย็น	dorn yen
晚上	ตอนกลางคืน	dorn glaang keun

時間

泰文的報時間方式分為正式唸法與口語唸法。

正式唸法

1. 點（・）泰文唸 [จุด／jǔd]
2. 「點」前面的數字直接唸，「點」後面的數字要分開唸，最後再加「點鐘」[นาฬิกา／naa lǐ gaa]

06.30
○ หกจุดสามศูนย์นาฬิกา hǒg jǔd sáam súun naa lǐ gaa
× หกจุดสามสิบนาฬิกา hǒg jǔd sáam sǐb naa lǐ gaa
18.55
○ สิบแปดจุดห้าห้านาฬิกา sǐb bǎed jǔd hàa hàa naa lǐ gaa
× สิบแปดจุดห้าสิบห้านาฬิกา sǐb bǎed jǔd hàa sǐb hàa naa lǐ gaa

22.10	
○	ยี่สิบสองจุดหนึ่งศูนย์นาฬิกา yèe sǐb sórng jǔd něung súun naa lī gaa
×	ยี่สิบสองจุดสิบนาฬิกา yèe sǐb sórng jǔd sǐb naa lī gaa

口語唸法

1.00	ตีหนึ่ง	dee něung	凌晨一點
2.00	ตีสอง	dee sórng	凌晨二點
3.00	ตีสาม	dee sáam	凌晨三點
4.00	ตีสี่	dee sěe	凌晨四點
5.00	ตีห้า	dee hàa	凌晨五點

6.00	หกโมงเช้า	hǒg moong chāo	早上六點
7.00	เจ็ดโมงเช้า	jěd moong chāo	早上七點
8.00	แปดโมงเช้า	pǎed moong chāo	早上八點
9.00	เก้าโมงเช้า	gào moong chāo	早上九點
10.00	สิบโมงเช้า	sǐb moong chāo	早上十點
11.00	สิบเอ็ดโมง	sǐb ěd moong	早上十一點

12.00	เที่ยง (วัน)	tìang　(wan)	中午十二點

13.00	บ่ายโมง	bǎai moong	下午一點
14.00	บ่ายสองโมง	bǎai sórng moong	下午二點
15.00	บ่ายสามโมง	bǎai sáam moong	下午三點
16.00	บ่ายสี่โมง	bǎai sěe moong	下午四點

17.00	ห้าโมงเย็น	hàa moong yen	傍晚五點
18.00	หกโมงเย็น	hŏg moong yen	傍晚六點

19.00	หนึ่งทุ่ม	nĕung tùm	晚上七點
20.00	สองทุ่ม	sórng tùm	晚上八點
21.00	สามทุ่ม	sáam tùm	晚上九點
22.00	สี่ทุ่ม	sĕe tùm	晚上十點
23.00	ห้าทุ่ม	hàa tùm	晚上十一點
24.00	เที่ยงคืน	tìang keun	晚上十二點

◆加強說明

❶ 08.30 唸法為：

แปดโมงเช้าสามสิบนาที

băed moong chão sáam sĭb naa tee

或者唸為：

ตอนเช้าแปดโมงสามสิบนาที

dorn chão păed moong sáam sĭb naa tee

30 分鐘可以改用 [ครึ่ง／krèung]（半）代替，所以也可以唸為：

ตอนเช้าแปดโมงครึ่ง

dorn chão păed moong krèung

❷ 12.45 唸法為：

เที่ยงสี่สิบห้านาที

tìang sĕe sĭb hàa naa tee

也可以說再 15 分鐘下午一點，「再」的泰文唸 [อีก／ĕeg]

อีกสิบห้านาทีบ่ายโมง

ĕeg sĭb hàa naa tee băai moong

❸ 21.50 唸法為：

สามทุ่มห้าสิบนาที

sáam tùm hàa sĭb naa tee

也可以說再 10 分鐘晚上十點

อีกสิบนาทีสี่ทุ่ม

ĕeg sĭb naa tee sĕe tùm

◆幾點幾分怎麼說

	14.30
❶	สิบสี่จุดสามศูนย์นาฬิกา sǐb sěe jǔd sáam súun naa lĭ gaa
❷	บ่ายสองโมงสามสิบนาที bǎai sórng moong sáam sǐb naa tee
❸	บ่ายสองโมงครึ่ง bǎai sórng moong krèung
❹	อีก 30 นาที บ่ายสามโมง ěeg sáam sǐb naa tee bǎai sáam moong

	19.45
❶	สิบเก้าจุดสี่ห้านาฬิกา sǐb gào jǔd sěe hàa naa lĭ gaa
❷	หนึ่งทุ่มสี่สิบห้านาที nĕung tùm sěe sǐb hàa naa tee
❸	อีก 15 นาทีสองทุ่ม ěeg sǐb hàa naa tee sórng tùm

十一月	พฤศจิกายน	prēud sǎ jǐ gaa yon
十二月	ธันวาคม	tan waa kom

泰國佛曆／西曆／中華民國曆

佛曆

ปีพุทธศักราช 簡寫為 พ.ศ.
pee pūd tā sǎg ga rǎad   por sór

泰國年所使用的佛曆，以佛祖釋迦牟尼圓寂後一年為紀元之始，比西元早543年。

西元

ปีคริสต์ศักราช 簡寫為 ค.ศ.
pee krīs sǎg ga rǎad   kor sór

換算方法

❶ 中華民國曆換算泰國佛曆的算法是：
   中華民國曆加 2454 等於泰國佛曆。

❷ 西曆換算泰國佛曆的方法是：
   西曆加543等於泰國佛曆。

泰國報日期的順序與中華民國曆及西曆不同，泰國使用日、月、年的排列方式如下：

■ 國曆：115年 3月 22 日

วันที่ 22 มีนาคม 2569

22日　　　3月　　　2454+115 = 2569年

wan tèe 22 mee naa kom 2569

■ 西曆：December 20, 2030

วันที่ 20 ธันวาคม 2573

20日　　　12月　　　2030+543=2573年

wan tèe 20 tan waa kom 2573

泰國人也習慣講星期幾，排列順序為星期、日、月、年，例如：

■ 國曆：115年5月20日星期四

วันพฤหัสที่ 20 พฤษภาคม 2569

星期四　　20日　　　5月　　　2454+115 = 2569年

wan pã rēu hǎd tèe 20 prēud sǎ paa kom 2569

■ 西曆：Wednesday April 14, 2027

วันพุธที่ 14 เมษายน 2570

星期三　　14日　　　4月　　　2027+543=2570年

wan pūd tèe 14 me sáa yon 2570

季節

夏季	ฤดูร้อน	rēu duu rõrn
冬季	ฤดูหนาว	rēu duu náaw
雨季	ฤดูฝน	rēu duu fón
春季	ฤดูใบไม้ผลิ	rēu duu bai māi plĭ
秋季	ฤดูใบไม้ร่วง	rēu duu bai māi rùang

天氣

熱	ร้อน	rõrn
下雨	ฝนตก	fón dŏg
涼	เย็น	yen
冷	หนาว	náaw
下雪	หิมะตก	hĭ mā dŏg

浪大	คลื่นแรง	klèun raeng
風大	ลมแรง	lom raeng
淹水／水災	น้ำท่วม	nãm tùam
地震	แผ่นดินไหว	pǎen din wái
颱風	พายุ	paa yũ

常用句子

今天天氣很熱。

วันนี้อากาศร้อนมาก
wan nẽe aa gǎad rõrn màag

台灣天氣冷。

ไต้หวันอากาศหนาว
taiwan aa gǎad náaw

今天早上下雨。

เช้านี้ฝนตก
chão nẽe fón dǒg

泰國常淹水。

เมืองไทยน้ำท่วมบ่อย
meuang thai nãm tùam boǐ

海邊浪很大。

ทะเลคลื่นลมแรง
tã le klèun lom raeng

日本有地震。

ญี่ปุ่นมีแผ่นดินไหว
yèe pǔn mee pǎen din wái

第2章

基本問句／會話與交談

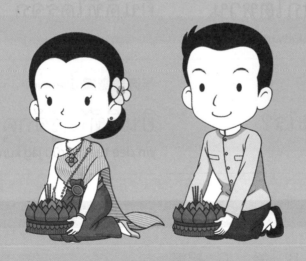

________和________（2～3者之間）

和（通常都用在2～3者之間）

และ

lãe

常用句子

喜歡吃椰子和芒果

ชอบกินมะพร้าวและมะม่วง

chòrb gin mã prãaw lãe mã mùang

不喜歡吃榴槤、紅毛丹和柚子。

ไม่ชอบกินทุเรียน เงาะ และส้มโอ

mài chòrb gin tũ rian ngõr lãe sòm oo

連接3個以上

通常用來強調後者，凸顯後者的重要性，或連接3個以上的東西

แล้วก็

lãew gòr

常用句子

喜歡的運動，例如：高爾夫、泰拳、乒乓球及游泳。

กีฬาที่ชื่นชอบ ได้แก่ กอล์ฟ มวยไทย ปิงปอง แล้วก็ว่ายน้ำ

gee laa tèe chèun chòrb dài gãe golf muay thai ping pong lãew gòr wàai nãm

曾經去過曼谷、芭達雅、清邁及普吉。

เคยไปเที่ยวกรุงเทพ พัทยา เชียงใหม่
แล้วก็ภูเก็ต

kei pai tìaw grung tèp pād ta yaa chiang măi lāew gòr puu gĕd

但是
但是
แต่
dăe

常用句子

早上下大雨但現在天氣很好。

เมื่อเช้าฝนตกหนัก แต่ตอนนี้อากาศดี

mèua chāo fón dŏg năg dăe dorn nēe aa găad dee

原本想去但現在不太想去了。

เดิมจะไป แต่ตอนนี้ไม่ค่อยอยากไปแล้ว

derm ja pai dăe dorn nēe mài kòi yăag pai lāew

也／都／就
也／都／就
ก็
gòr

常用句子

我喜歡吃泰國菜，他也喜歡吃泰國菜。

ผมชอบกินอาหารไทย
ขาก็ชอบกินอาหารไทย

póm chòrb gin aa háan thai kháo gòr chòrb gin aa háan thai

我們也都要去。

พวกเราก็จะไปเหมือนกัน

pùag rao gòr ja pai méuan gan

也行／都行／都可以

也行／都行／都可以

ก็ได

gòr dài

常用句子

可以用這個代替。

ใช้อันนี้แทนก็ได้

chãi an nẽe taen gòr dài

不拿也行。

ไม่เอาก็ได้

mài ao gòr dài

如果

如果

ถ้า ／ หาก

tàa hǎag

常用句子

如果今天來不及沒關係，改天再處理。

ถ้าวันนี้ไม่ทัน ไม่เป็นไร วันหลังค่อยจัดการ

tàa wan nẽe mài tan mài pen rai wan láng kòi jǎd gaan

如果不了解可以問。

ถ้าหากไม่เข้าใจ มาถามได้

tàa hǎag mài khào jai maa táam dài

假如／假設

假如／假設

สมมุต

sóm mũd

常用句子

假如忘記就提醒我一下喔！

สมมุติว่าลืม ก็ช่วยเตือนหน่อยนะ

sóm mũd wàa leum gòr chùai deuan nǒi nã

假設中彩券一億你要做什麼？

สมมุติว่าถูกหวยร้อยล้าน จะทำอะไร?

sóm mũd wàa tǔug húai rõi lãan ja tam a rai

即使／雖然

即使／雖然

ถึงแม้ว่า ／ แม้ว่า

téung mãe wàa　　mãe wàa

常用句子

雖然很塞車但還來得及。

ถึงแม้ว่ารถติดมาก แต่ยังทันเวลา

téung mãe wàa rõd dĭd màag dăe yang tan we laa

瑪莉雖然生病但還是來上班。

คุณมะลิมาทำงาน แม้ว่าจะไม่สบาย

kun mã lĩ maa tam ngaan mãe wàa ja mài să baai

重要句型

喜歡／想要／需要

◆ 必學單字

喜歡	想要	需要
ชอบ	อยาก	ต้องการ
chòrb	yǎag	dòrng gaan

◆ 常用句子

我們喜歡看泰國電影。

พวกเราชอบดูหนังไทย

pùag rao chòrb duu náng thai

他想要去清邁玩。

เขาอยากไปเที่ยวเชียงใหม่

kháo yǎag pai tìaw chiang mǎi

需要更多時間。

ต้องการเวลามากกว่านี้

dòrng gaan we laa màag gwǎa nẽe

瑪莉喜歡吃日本料理。

คุณมะลิชอบกินอาหารญี่ปุ่น

kun mã lĩ chòrb gin aa háan yèe pǔn

需要一條毛巾。

ต้องการผ้าเช็ดตัว 1 ผืน

dòrng gaan pàa chẽd dua 1 péun

想要買新鞋子。

อยากซื้อรองเท้าคู่ใหม่

yǎag sẽu rorng tão kùu mǎi

可以自己做

ทำเองได้

tam eng dài

不能吃辣

กินเผ็ดไม่ได้

gin pěd mài dài

會開車

ขับรถเป็น

khăb rõd pen

不會唱歌

ร้องเพลงไม่เป็น

rõrng pleng mài pen

不會說泰文

พูดภาษาไทยไม่ได้

pùud paa sáa thai mài dài

不能拿出去

เอาออกไปไม่ได้

ao ŏrg pai mài dài

禁止

禁止 ________

ห้าม ________

hàam

必學詞彙

禁止抽菸

ห้ามสูบบุหรี่

hàam sŭub bu rěe

禁止停車

ห้ามจอดรถ

hàam jŏrd rõd

禁止觸摸／抓

ห้ามจับ

hàam jăb

禁止通過／經過

ห้ามผ่าน

hàam pǎan

禁止坐

ห้ามนั่ง

hàam nàng

禁止進入

ห้ามเข้า

hàam khào

禁止大聲喧嘩

ห้ามส่งเสียงดัง

hàam sǒng síang dang

禁止用餐

ห้ามรับประทานอาหาร

hàam rāb pra taan aa háan

慢慢

慢慢 ________

________ ช้าๆ

chāa chāa

請慢慢說

กรุณาพูดช้าๆ

ga rũ naa pùud chāa chāa

慢慢做

ทำช้าๆ

tam chāa chāa

請慢慢走

กรุณาเดินช้าๆ

ga rũ naa den chāa chāa

快快

快快 ________

________ เร็วๆ

rew rew

必學詞彙

快送過來

ส่งมาเร็วๆ

sŏng maa rew rew

看快一點

ดูเร็วๆ

duu rew rew

做快一點

ทำเร็วๆ หน่อย

tam rew rew nŏi

經常／常常

______ 經常／常常

______ บ่อยๆ

bŏi bŏi

常用句子

我們常常去吃這家泰式餐廳。

พวกเราไปกินอาหารไทยร้านนี้บ่อยๆ

pùag rao pai gin aa háan thai rãan nẽe bŏi bŏi

他常常去泰國玩。

เขาไปเที่ยวประเทศไทยบ่อยๆ

kháo pai tìaw pra tèd thai bŏi bŏi

常常說錯話。

พูดผิดบ่อยๆ

pùud pĭd bŏi bŏi

曾經

曾經＿＿＿＿＿

เคย＿＿＿＿＿
kei

必學詞彙

去過了

เคยไปแล้ว
kei pai lāew

玩過了

เคยเล่นแล้ว
kei lèn lāew

做過了

เคยทำแล้ว
kei tam lāew

常用句子

你曾經去哪裡玩過？

คุณเคยไปเที่ยวที่ไหนบ้าง?
kun kei pai tìaw tèe nái bàang

曾經去過曼谷芭達雅及清邁。

เคยไปเที่ยวกรุงเทพ พัทยา และเชียงใหม่
kei pai tìaw grung tèp pǎd ta yaa lāe chiang mǎi

可以嗎？

可以＿＿＿＿＿嗎？

＿＿＿＿ได้ไหม?
dài mái

常用句子

可以便宜一點嗎？

ลดหน่อยได้ไหม?

lõd nŏi dài mái

可以說泰文嗎？

พูดภาษาไทยได้ไหม?

pùud paa sáa thai dài mái

可以看嗎？

อ่านได้ไหม?

ǎan dài mái

可以進去嗎？

เข้าไปได้ไหม?

khào pai dài mái

可以加飯嗎？

เพิ่มข้าวได้ไหม?

pèm khàaw dài mái

請

請 ________

กรุณา／เชิญ ________

ga rũ naa　chen

必學詞彙

請脱鞋子

กรุณาถอดรองเท้า

ga rũ naa tǒrd rorng tão

請準時

กรุณาตรงเวลา

ga rũ naa drong we laa

請説慢一點

กรุณาพูดช้าๆ

ga rũ naa pùud chãa chãa

請進

เชิญเข้า

chen khào

請隨意看

เชิญดูตามสบาย

chen duu daam sǎ baai

請隨意坐

เชิญนั่งตามสบาย

chen nàng daam sǎ baai

一起

一起 ________

________ ด้วยกัน／กัน

dùay gan　　gan

必學詞彙

一起聊天

คุยกัน

kui gan

一起幫忙／互相幫忙

ช่วยกัน

chùay gan

一起買

ซื้อด้วยกัน

sēu dùay gan

一起吃

กินด้วยกัน

gin dùay gan

一起住

พักด้วยกัน

pāg dùay gan

一起旅遊

ไปเที่ยวด้วยกัน

pai tìaw dùay gan

一起工作

ทำงานด้วยกัน

tam ngaan dùay gan

職業／工作

必學單字

護士 พยาบาล pā yaa baan	商人、生意人 นักธุรกิจ nāg tū rā gǐd	職員 พนักงาน pā nāg ngaan
律師 ทนาย tā naai	作家 นักเขียน nāg khían	歌手 นักร้อง nāg rōrng
演員 นักแสดง nāg sǎ daeng	藝術家 ศิลปิน sín lā pin	祕書 เลขา le kháa
經理 ผู้จัดการ pùu jǎd gaan	主管 หัวหน้า húa nàa	司機 คนขับรถ kon khǎb rōd

設計師	工程師	醫生（口語／正式）
สถาปนิก	วิศวกร	หมอ / แพทย์
să táa pa nĭg	wĭd să wā gorn	mór　　pàed

老師（口語／正式）	導遊（正式／口語）
ครู / อาจารย์	มัคคุเทศก์ / ไกด์
kruu　　aa jaan	măg kŭ tèd　　guide

常用句子

你的職業是什麼？

คุณทำอาชีพอะไร?

kun tam aa chèeb a rai

我是老師。

ฉันเป็นอาจารย์

chán pen aa jaan

我是醫生。

ผมเป็นหมอ

póm pen mór

他是作家。

เขาเป็นนักเขียน

kháo pen năg khían

你在哪裡工作？ 做什麼？

คุณทำงานที่ไหน? อะไร?

kun tam ngaan tèe nái a rai

他在盤谷銀行當職員。

เขาเป็นพนักงาน ธนาคารกรุงเทพ

kháo pen pã nãg ngaan tã naa kaan grung tèp

我在稻米進出口公司當經理。

ฉันเป็นผู้จัดการบริษัทนำเข้า-ส่งออกข้าว

chán pen pùu jǎd gaan bor rĩ sǎd nam khào sǒng ǒrg khàaw

我們在 Jeannie travel 旅行社當導遊。

พวกเราเป็นไกด์บริษัทนำเที่ยว Jeannie travel

pùag rao pen guide bor rĩ sǎd nam tìaw jeannie travel

休閒活動

必學單字

運動（名詞）	運動（動詞）	足球
กีฬา	เล่นกีฬา	ฟุตบอล
gee laa	lèn gee laa	football

泰拳 มวยไทย muay thai	騎腳踏車 ขี่จักรยาน khěe jǎg gra yaan	游泳 ว่ายน้ำ wàai nãm
潛水 ดำน้ำ dam nãm	功夫 กังฟู gang fuu	棒球 เบสบอล baseball
網球 เทนนิส tennis	羽毛球 แบดมินตัน badminton	排球 วอลเลย์บอล valleyball
乒乓球 ปิงปอง ping pong	籃球 บาสเก็ตบอล basekeball	高爾夫球 กอล์ฟ golf
滑雪 สกี ski	撞球 สนุกเกอร์ snooker	爬山 ปีนเขา peen kháo
瑜珈 โยคะ yoga	健身 ออกกำลังกาย ǒrg gam lang gaai	

愛好／興趣

必學單字

愛好／興趣 งานอดิเรก ngaan a dǐ rěg	畫畫 วาดรูป wàad rùub	閱讀書籍、看書 อ่านหนังสือ ǎan náng séu
聽歌 ฟังเพลง fang pleng	種樹 ปลูกต้นไม้ plǔug dòn mãi	跳舞 เต้นรำ dèn ram
烹飪 ทำอาหาร tam aa háan	拍照 ถ่ายภาพ tǎai pàab	玩音樂 เล่นดนตรี lèn don dree
釣魚 ตกปลา dǒg plaa	觀光 ท่องเที่ยว tòrng tìaw	看電影 ดูหนัง duu náng
看電視 ดูโทรทัศน์ duu too ra tãd	製作工藝品 ทำงานฝีมือ tam ngaan fée meu	

收集郵票	收集硬幣
สะสมแสตมป์	สะสมเหรียญ
să sóm să daem	să sóm rían

常用句子

你做什麼運動？

คุณเล่นกีฬาอะไร?
kun lèn gee laa a rai

我做瑜珈。

ฉันเล่นโยคะ
chán lèn yoga

我打高爾夫球。

ผมเล่นกอล์ฟ
pom lèn golf

空閒時間你做什麼？

คุณชอบทำอะไรยามว่าง
kun chòrb tam a rai yaam wàang

瑪莉喜歡烹飪。

คุณมะลิชอบทำอาหาร
kun mã lĩ chòrb tam aa háan

空閒時間我喜歡看電視。

ฉันชอบดูทีวียามว่าง
chán chòrb duu tv yaam wàang

你的興趣是什麼？

งานอดิเรกของคุณคืออะไร?
ngaan a di rĕg khórng kun keu a rai

我的興趣是種樹。

งานอดิเรกของฉันคือ ปลูกต้นไม้

ngaan a di rěg khórng chán keu plǔug dòn mãi

空閒時間他會看書及聽音樂。

เขาจะอ่านหนังสือและฟังเพลงยามว่าง

kháo ja ǎan náng séu lãe fang pleng yaam wàang

樂器：泰國樂器

必學單字

小鈸	拍板	二絃胡琴	篳管	笛子
ฉิ่ง	กรับ	ซอ	ปี่	ขลุ่ย
chǐng	grǎb	sor	pěe	khlǔi
銅鑼	鼓	木琴	鱷魚琴	揚琴
ฆ้อง	กลอง	ระนาด	จะเข้	ขิม
kõrng	glorng	rã nàad	ja khè	khím

樂器：國際樂器

必學單字

鋼琴	吉他	鼓
เปียนโน piano	กีตาร์ guitar	กลอง glorng

小提琴	薩克斯風
ไวโอลิน violin	แซกโซโฟน saxsophone

音樂

必學單字

古典音樂	流行音樂	爵士樂
คลาสสิก classic	ป๊อบ pop	แจ๊ส jazz

弟弟	妹妹	孩子
น้องชาย	น้องสาว	ลูก
nõrng chaai	nõrng sáaw	lùug
兒子	女兒	孫／姪（統稱）
ลูกชาย	ลูกสาว	หลาน
lùug chaai	lùug sáaw	láan
孫子／姪子	孫女／姪女	親戚
หลานชาย	หลานสาว	ญาติ
láan chaai	láan sáaw	yàad
老公／丈夫	老婆／妻子	叔叔
ผัว / สามี	เมีย / ภรรยา	ลุง
púa　　sáa mee	mia　　pan rã yaa	lung
阿姨	阿公／爺爺	阿嬤／奶奶
ป้า	ปู่ / ตา	ย่า / ยาย
pàa	pǔu　　daa	yàa　　yaai

常用句子

你有幾位兄弟姊妹？

คุณมีพี่น้องกี่คน?

kun mee pèe nõrng gẽe kon

我有三位兄弟姐妹。

ผมมีพี่น้อง 3 คน

póm mee pèe nõrng 3 kon

我和姊姊來旅遊。

ฉันมาเที่ยวกับพี่สาว

chán maa tìaw găb pèe sáaw

我有 2 個小孩。

ผมมีลูก 2 คน

póm mee lùug 2 kon

這位是我爸爸。

นี่ คุณพ่อของผม

nèe kun pòr khórng póm

我太太是護士。

ภรรยาผมเป็นพยาบาล

pan rã yaa póm pen pã yaa baan

我家人有爸爸媽媽哥哥和我。

ครอบครัวผมมีคุณพ่อ คุณแม่ พี่ชาย และผม

kròrb krua póm mee kun pòr kun màe pèe chaai lãe póm

我帶我家人來曼谷華欣玩 5 天。

ผมพาครอบครัวมาเที่ยวกรุงเทพ-หัวหิน 5 วัน

póm paa kròrb krua maa tìaw grung tèp – húa hín 5 wan

溝通遇到障礙時

常用句子

請說慢一點。

กรุณาพูดช้าๆ

ga rũ naa pùud chãa chãa

請再說一次。

กรุณาพูดอีกที

ga rũ naa pùud ěeg tee

不懂／不了解。

ไม่เข้าใจ

mài khào jai

你指的是什麼？

คุณหมายถึงอะไร?

kun máai téung a rai

你的意思是什麼？

คุณหมายความว่าอะไร?

kun máai kwaam wàa a rai

他說什麼？

เขาพูดอะไร?

kháo pùud a rai

不會說泰文。

พูดภาษาไทยไม่ได้

pùud paa sáa thai mài dài

不會閱讀泰文。

อ่านภาษาไทยไม่ได้

ǎan paa sáa thai mài dài

不會寫泰文。

เขียนภาษาไทยไม่ได้

khían paa sáa thai mài dài

會說一點點泰文。

พูดภาษาไทยได้นิดหน่อย
pùud paa sáa thai dài nĭd nŏi

節慶

必學單字

節慶	潑水節	水燈節
เทศกาล	สงกรานต์	ลอยกระทง
tèd să gaan	sóng graan	loi gra tong
聖誕節	新年	中國新年
คริสต์มาส	ปีใหม่	ตรุษจีน
christmas	pee măi	drŭd jeen

常用句子

水燈節是哪一天？

วันลอยกระทงตรงกับวันไหน?
wan loi gra tong drong găb wan nái

每年的 4 月 13～15 日是泰國潑水節。

วันที่ 13-15 เมษายน ของทุกปีเป็นวันสงกรานต์

wan tèe 13-15 me sáa yon khórng tũg pee pen wan sóng graan

這個新年你想做什麼？

ปีใหม่นี้ คุณอยากทำอะไร?

pee măi nĕe kun yăag tam a rai

可以在哪裡參加潑水節？

เล่นน้ำสงกรานต์ได้ที่ไหน?

lèn nãm sóng graan dài tèe nái

哪些地方可以放水燈？

จะไปลอยกระทงได้ที่ไหนบ้าง?

ja pai loi gra tong dài tèe nái bàang

在河邊放水燈。

ลอยกระทงที่ริมแม่น้ำ

loi gra tong tèe rim màe nãm

這個新年要去哪裡跨年？

ปีใหม่นี้ จะไปเคาท์ดาวน์ที่ไหน?

pee măi nĕe ja pai countdown tèe nái

今年過年是幾號？

ตรุษจีนปีนี้ ตรงกับวันที่เท่าไร?

drŭd jeen pee nẽe drong găb wan tèe tào rai

說到台灣

台灣知名美食是滷肉飯。

อาหารชื่อดังของไต้หวันคือ ข้าวหมูพะโล้

aa háan chèu dang khórng taiwan keu khàaw múu pã lõo

你有吃過臭豆腐嗎？

คุณเคยกินเต้าหู้เหม็นไหม?

kun kei gin dào hùu mén mái

台北是台灣的首都。

ไทเป เป็นเมืองหลวงของไต้หวัน

taipei pen meuang lúang khórng taiwan

如果來台灣一定要吃麻辣火鍋。

ถ้ามาไต้หวันต้องลองสุกี้หมาล่า

tàa maa taiwan dòrng lorng sŭ gèe máa làa

台灣交通很方便。

ไต้หวันการคมนาคมสะดวกมาก

taiwan gaan kã mã naa kom sǎ dǔag màag

我是台灣人。

ผมเป็นคนไต้หวัน

póm pen kon taiwan

如果有時間要來我家鄉玩喔！

ถ้ามีเวลามาเที่ยวบ้านเกิดผมนะ

tàa mee we laa maa tìaw bàan gěd póm nã

台灣菜很好吃。

อาหารไต้หวันอร่อย

aa háan taiwan a rǒi

說到泰國

我第一次來泰國。

ผมมาเที่ยวประเทศไทยครั้งแรก

póm maa tìaw pra tèd thai krãng ràeg

我不吃辣。

ฉันไม่กินเผ็ด

chán mài gin pěd

我們迷路了。

พวกเราหลงทาง

pùag rao lóng taang

請告訴我回飯店的路。

ช่วยบอกทางกลับโรงแรมหน่อย

chùai bǒrg taang glǎb roong raem nǒi

請介紹一些觀光景點給我。

ช่วยแนะนำสถานที่ท่องเที่ยวหน่อย

chùai nãe nam sǎ táan tèe tòrng tìaw nǒi

這家店有名的菜是什麼？

อาหารขึ้นชื่อของร้านนี้คืออะไร?

aa háan khèun chèu khórng rãan nẽe keu a rai

我應該買什麼當伴手禮？

ผมควรซื้ออะไรไปเป็นของฝาก?

póm kuan sẽu a rai pai pen khórng fǎag

泰國很熱。

ประเทศไทยร้อนมาก

pra tèd thai rõrn màag

第3章

交通工具

交通工具

泰國的交通非常便捷，是非常適合自助旅行者的旅遊勝地，不管是水上的、路上的或是空中的交通，都很發達而且不貴，好好善用大眾運輸系統才不會浪費時間在塞車上，能更有效率的安排行程。

以下逐一介紹泰國常見的大眾運輸系統，例如：捷運、公車、火車、雙排車、計程車、9人座小客車、客船、飛機等，以及搭乘時所需要用到的單字及句子。

必學單字

車（口語／正式）	嘟嘟車	船
รถ / รถยนต์ rōd　　rōd yon	รถตุ๊กตุ๊ก rōd dūg dūg	เรือ reua
火車	雙排車	捷運
รถไฟ rōd fai	รถสองแถว rōd sórng táew	รถไฟฟ้า rōd fai fãa
計程車	遊覽車	飛機
รถแท็กซี่ rōd taxi	รถทัวร์ rōd tour	เครื่องบิน krèuang bin

費用	車費	船費
ค่า kàa	**ค่ารถ** kàa rõd	**ค่าเรือ** kàa reua

腳踏車	機票票價
รถจักรยาน rõd jăg gra yaan	**ค่าเครื่องบิน** kàa krèuang bin

摩托車	麵包車／9人座小客車
รถมอเตอร์ไซค์ rõd mor der sai	**รถตู้** rõd dùu

公車（口語／正式）

รถเมล ／ **รถโดยสารประจำทาง**
rõd me　　　rõd dooi sáan　pra jam taang

摩托計程車

รถมอเตอร์ไซค์รับจ้าง
rõd mor der sai rãb jàang

常用句型

搭＿＿＿去／來
搭＿＿＿去／來 นั่ง＿＿＿ไป／มา nàng pai maa

常用句子

他坐捷運去。

เขานั่งรถไฟฟ้าไป

kháo nàng rõd fai fãa pai

我搭船來上班。

ผมนั่งเรือมาทำงาน

póm nàng reua maa tam ngaan

林經理搭飛機來。

ผู้จัดการหลินนั่งเครื่องบินมา

pùu jǎd gaan lin nàng krèuang bin maa

他們搭嘟嘟車去銀行。

พวกเขานั่งรถตุ๊กตุ๊กไปธนาคาร

pùag kháo nàng rõd dũg dũg pai tã naa kaan

坐摩托計程車去很快。

นั่งรถมอเตอร์ไซด์รับจ้างไป เร็วดี

nàng rõd mor der sai rãb jàang pai rew dee

場所／地點

必學單字

火車站 **สถานีรถไฟ** sǎ táa nee rõd fai	捷運站 **สถานีรถไฟฟ้า** sǎ táa nee rõd fai fãa	公車站牌 **ป้ายรถเมล์** pàai rõd me
醫院 **โรงพยาบาล** roong pã yaa baan	學校 **โรงเรียน** roong rian	飯店 **โรงแรม** roong raem
銀行 **ธนาคาร** tã naa kaan	郵局 **ไปรษณีย์** prai sǎ nee	機場 **สนามบิน** sa náam bin
餐廳 **ร้านอาหาร** rãan aa háan	博物館 **พิพิธภัณฑ์** pĩ pĭd tã pan	圖書館 **ห้องสมุด** hòrng sǎ mǔd
文具店 **ร้านเครื่องเขียน** rãan krèuang khían		夜市 **ตลาดกลางคืน** da lǎad glaang keun

常用句型

從______到______
從______到______ จาก______ ถึง______ jǎag téung

常用句子

他從飯店走到捷運站。

เขาเดินจากโรงแรมถึงสถานีรถไฟฟ้า

kháo den jǎag roong raem téung sǎ táa nee rõd fai fãa

我們搭飛機從台北到曼谷。

พวกเรานั่งเครื่องบินจากไทเปถึงกรุงเทพ

pùag rao nàng krèuang bin jǎag taipei téung grung tèp

火車票從曼谷到清邁多少錢？

ค่าตั๋วรถไฟจากกรุงเทพไปเชียงใหม่เท่าไร?

kàa dúa rõd fai jǎag grung tèp pai chiang mǎi tào rai

有小巴士從芭達雅到羅永嗎？

มีรถตู้จากพัทยาถึงระยองไหม?

mee rõd dùu jǎag pãd tã yaa téung rã yong mái

公車

泰國公車種類很多，有不同的外觀、不同的路線、不同的票價，提供給不同需求的乘客。例如：

1. **小公車（Mini Bus）**：小型公車，固定票價，一票到底。
2. **公車（Bus）**：一般的公車，固定票價，一票到底。
3. **冷氣公車**：按照距離計算票價，乘客上車時，需要向售票人員說明要到哪一站下車，方便計算車費。

公車是最便宜的交通工具之一，路線複雜，一般遊客會遇到不曉得在哪裡下車的問題，請善用Google Map即時定位功能。

大部分的司機和售票人員都不會說英文，不過觀光客比較少搭公車，所以售票人員對觀光客都很客氣，到站前會提醒遊客。

必學單字

公車（口語／正式） รถเมล์ ／ รถโดยสารประจำทาง rōd me　　rōd dooi sáan pra jam taang	
公車站 ป้ายรถเมล์ pàai rōd me	搭乘費用 ค่าโดยสาร kàa dooi sáan

車費	公車票
ค่ารถ	ตั๋วรถเมล์
kàa rõd	dúa rõd me
一般公車	迷你巴士、小公車
รถเมล์ธรรมดา	มินิบัส
rõd me tam ma daa	mini bus
冷氣公車	轉車／換車
รถเมล์ปรับอากาศ	ต่อรถ
rõd me prăb aa găad	dŏr rõd

常用句子

這裡有公車去 Siam 嗎？

ตรงนี้มีรถเมล์ไปสยามไหม?

dorng nẽe mee rõd me pai siam mái

哪一班公車去 Asoke ？

รถเมล์สายไหนไปอโศก?

rõd me sáai nái pai asoke

一班公車直接到嗎？

รถเมล์สายเดียวถึงเลยไหม?

rõd me sáai diaw téung lei mái

要轉車嗎？

ต้องต่อรถไหม?

dòrng dǒr rõd mái

到哪裡轉車？

ต่อรถที่ไหน?

dǒr rõd tèe nái

---

25 號公車有經過 Asoke。

รถเมล์สาย 25 ผ่านอโศก

rõd me sáai 25 pǎan asoke

到了叫我喔！

ถึงแล้ว ช่วยเรียกด้วยนะ

téung lãew chùay rìag dùay nã

嘟嘟車

　　泰國嘟嘟車是非常熱門的一種交通工具，不只泰國人很喜愛，外國人更喜歡體驗這種泰國特有的交通工具。

　　嘟嘟車可隨手叫車，車資由司機按照距離計算，也可以包車市區旅遊。

常用句子

去 Iconsiam 多少？

ไป Iconsiam เท่าไร?

pai iconsiam tào rai

很塞車，我這裡下車喔，多少錢？

รถติดมาก ขอลงตรงนี้นะ เท่าไร?

rõd dǐd màag khór long drong nẽe nã tào rai

麻煩停大門前面。

กรุณาจอดหน้าประตูใหญ่

ga rũ naa jǒrd nàa pra duu yǎi

好貴，可以便宜點嗎？

แพงจัง ลดหน่อยได้ไหม?

paeng jang lõd nǒi dài mái

我們想包車在清邁遊玩，怎麼算錢？

พวกเราอยากเหมารถเที่ยวในเชียงใหม่ คิดยังไง?

pùag rao yǎag máo rõd tìaw nai chiang mǎi kĩd yang ngai

火車

泰國火車路線共有4條國內線，分為北線、東線、南線、東北線。

車種分為：普通車（Rapid）、快車（Express）和特快車（Special Express）。

泰國火車還有分等級，提供給不同族群乘客選擇，基本上分為 3 個等級：

1. **第一等**：最舒適的等級，有冷氣而且座椅可以調整，甚至於可調整為臥舖，有些路線有私人獨立的空間。

2. **第二等**：較舒適的等級，座椅可以調整角度，類似客運座椅。有兩種車廂提供旅客選擇，有電風扇或冷氣選項。長途車程建議選擇躺椅，到晚上時可調整為臥舖，方便休息。

3. **第三等**：一般火車，座椅無法調整角度，比較適合短距離旅程。

必學單字

第一等級	第二等級	第三等級
ชั้น 1	ชั้น 2	ชั้น 3
chãn 1	chãn 2	chãn 3

火車票	單趟	
ตั๋วรถไฟ	เที่ยวเดียว ／ ขาเดียว	
dúa rõd fai	tìaw diaw	kháa diaw

班次	早班	晚班
เที่ยว	เที่ยวเช้า	เที่ยวเย็น
tìaw	tìaw chǎo	tìaw yen

午班	去程
เที่ยวกลางวัน	เที่ยวไป ／ ขาไป
tìaw glaang wan	tìaw pai kháa pai

來回	回程
ไป—กลับ	เที่ยวกลับ ／ ขากลับ
pai glăb	tìaw glăb kháa glăb

坐票	冷氣／空調
ตั๋วนั่ง	แอร ／ เครื่องปรับอากาศ
dúa nàng	air krèuang prăb aa găad

臥舖票	一位	月台
ตั๋วนอน	คนละ	ชานชาลา
dúa norn	kon lă	chaan chaa laa

常用句子

我可以在哪裡買火車票？

จะซื้อตั๋วรถไฟได้ที่ไหน?

ja sẽu dúa rõd fai dài tèe nái

第一等級的火車票，曼谷到清邁，一個人多少錢？

ค่าตั๋วรถไฟชั้น 1 กรุงเทพ-เชียงใหม่ คนละเท่าไร?

kàa dua rõd fai chãn 1 grung tèp chiang mǎi kon lã tào rai

要什麼艙等？

จะนั่งชั้นอะไร?

ja nàng chãn a rai

可以包整間嗎？

ขอเหมาห้องได้ไหม?

khór máo hòrng dài mái

可以，包整間的話一間 3,000 泰銖。

ได้ค่ะ เหมาห้องราคาห้องละ 3,000 บาทค่ะ

dài kǎ máo hòrng raa kaa hòrng lã 3,000 bǎad kǎ

可以在火車上吃東西嗎？

ทานอาหารบนรถไฟได้ไหม?

taan aa háan bon rõd fai dài mái

房間內有洗手間嗎？

ในห้องมีห้องน้ำส่วนตัวไหม?

nai hòrng mee hòrng nãm sǔan dua mái

沒有，用共用洗手間。

ไม่มีค่ะ ใช้ห้องน้ำรวมค่ะ

mài mee kǎ chāi hòrng nãm ruam kǎ

可以退票嗎？

ขอคืนตั๋วได้ไหม?

khór keun dúa dài mái

可以更換日期時間嗎？

ขอเปลี่ยนวัน เวลา เดินทางได้ไหม?

khór plǐan wan we laa den taang dài mái

有手續費嗎？多少？

มีค่าธรรมเนียมไหม? เท่าไร?

mee kàa tam niam mái tào rai

捷運

　　泰國捷運在1999年正式開始營運，目前有8條路線，涵蓋整個大曼谷，共有141個捷運站，全長211.94公里，每日載客量高達1,460,000人次，是曼谷最主要的交通工具之一。

泰國捷運一直不斷在延長、規劃新路線。對於自由行旅客來説，有兩條非常重要的路線：

1. **泰國機場捷運（Airport Link）**：從蘇凡納布國際機場（BKK）可搭乘到曼谷市中心Makkasan及Phaya Thai站。
2. **曼谷SRT暗紅色機捷（SRT Dark Red Line）**：方便旅客從廊曼機場（DHK）進市區Krung Thep Aphiwat Central站（原名Bang Soe站），這兩條機場捷運都可銜接市區捷運BTS和MRT。

必學單字

捷運	站	搭乘費用
รถไฟฟ้า	สถานี	ค่าโดยสาร
rōd fai fãa	sǎ táa nee	kàa dooi sáan
上車	下車	換車
ขึ้นรถ	ลงรถ	เปลี่ยนรถ
khèun rōd	long rōd	plĩan rōd

路線	櫃台	服務台
สาย	เคาน์เตอร์	เคาน์เตอร์บริการ
sáai	counter	counter bor rĩ gaan

從蘇凡納布國際機場到 Makkasan 站 150 泰銖。

ค่าโดยสารจากสนามบินสุวรรณภูมิไปมักกะสัน 150 บาท

kàa dooi sáan jǎag sǎ náam bin sǔ wan nã puum pai mãg ga sán 150 bǎad

---

想要買 1 日票。

อยากซื้อบัตรโดยสารประเภท 1 วัน

yǎag sēu bǎd dooi sáan pra pèd 1 wan

請給我捷運地圖？

ขอแผนที่รถไฟฟ้าหน่อยได้ไหม?

khór páen tèe rõd fai fãa nǒi dài mái

計程車

必學單字

計程車	叫車	等車
รถแท็กซี่	เรียกรถ	รอรถ
rõd taxi	rìag rõd	ror rõd

停車 จอดรถ jŏrd rōd	窗戶 หน้าต่าง nàa dăang	按下計費表 กดมิเตอร์ gŏd meter

跳表計費 คิดตามมิเตอร์ kīd daam meter	機場計程車 แท็กซี่สนามบิน taxi să náam bin
後車廂蓋 ฝากระโปรงท้าย fáa gra ploong tāai	迴轉 กลับรถ glăb rōd
後車廂的收納空間 ที่เก็บของหลังรถ tèe gĕb khórng láng rōd	司機 คนขับรถ kon khăb rōd
安全帶 เข็มขัดนิรภัย khém khăd nĭ rā pai	計程車司機 คนขับแท็กซี่ kon khăb taxi

常用句子

我要怎麼叫計程車？

จะเรียกรถแท็กซี่ได้ยังไง?

ja rìag rõd taxi dài yang ngai

計程車停靠點在哪裡？

จุดจอดรถแท็กซี่อยู่ตรงไหน?

jǔd jǒrd rõd taxi yǔu drong nái

可以停這裡嗎？

จอดตรงนี้ได้ไหม?

jǒrd drong nẽe dài mái

請避免塞車路段。

ช่วยเลี่ยงรถติดด้วย

chùay lìang rõd dǐd dùay

請開快一點，要趕時間。

ช่วยขับเร็วหน่อยนะ รีบ

chùay khǎb rew nǒi nã rèeb

請打開窗戶。

กรุณาเปิดหน้าต่าง

ga rũ naa pěd nàa dǎang

請跳表計費。

กดมิเตอร์ด้วย

gǒd meter dùay

包車到芭達雅多少錢？

เหมารถไปพัทยา เท่าไร?

máo rõd pai pãd tā yaa tào rai

請繫安全帶。

คาดเข็มขัดนิรภัยด้วย

kàad khém khǎd nĩ rã pai dùay

很塞車，我這裡下車喔！

รถติดมากเลย ขอลงตรงนี้นะ

rõd dǐd màag lei khór long drong nẽe nã

去最近的捷運站。

ไปสถานีรถไฟฟ้าที่ใกล้ที่สุด

pai sǎ táa nee rõd fai fãa tèe glài tèe sǔd

有導覽服務嗎？

มีบริการนำเที่ยวไหม?

mee bor rĩ gaan nam tìaw mái

停這裡一下，要下去拿東西。

จอดรถตรงนี้สักครู่ ขอลงไปเอาของ

jǒrd rõd drong nẽe sǎg krùu khór long pai ao khórng

雙排車

雙排車是小貨車改裝而成，小貨車後面加蓋遮雨及左右兩排的座椅，方便乘客搭乘。兩排座椅就是雙排車車名之由來，也可以包車市區旅遊。

必學詞彙

<table>
<tr><td>按鈴
กดกริ่ง
gŏd grĭng</td><td>招手叫車
โบกรถ
bŏog rōd</td><td>距離
ระยะทาง
rā yā taang</td></tr>
<tr><td colspan="2">車資按照距離計算
คิดค่ารถตามระยะทาง
kīd kàa rōd daam rā yā taang</td><td>揮手
โบกมือ
bŏog meu</td></tr>
</table>

常用句子

這裡有雙排車經過嗎？

ตรงนี้มีรถสองแถวผ่านไหม?

drong nēe mee rōd sórng táew păan mái

在哪裡等雙排車？

จะรอรถสองแถวได้ที่ไหน?

ja ror rōd sórng táew dài tèe nái

到雙龍寺嗎？

ไปดอยสุเทพไหม?

pai doi sǔ tèb mái

經過中芭達雅嗎？

ผ่านพัทยากลางไหม?

pǎan pãd tã yaa glaang mái

哪一台雙排車去巴東？

รถสองแถวสายไหนไปป่าตอง?

rõd sórng táew sáai nái pai pǎa dorng

這路線的雙排車要去哪裡？

รถสองแถวสายนี้ไปไหน?

rõd sórng táew sáai nẽe pai nái

到了叫我喔！

ถึงแล้วช่วยเรียกด้วยนะ

téung lãew chùay rìag dùay nã

車資全程 50 泰銖。

ค่ารถ 50 บาท ตลอดสาย

kàa rõd 50 bǎad da lǒrd sáai

包車遊芭達雅。

เหมารถสองแถวเที่ยวพัทยา

máo rõd sórng táew tìaw pãd tã yaa

遊覽車

泰國的巴士有短程（如曼谷到華欣）及長途（如曼谷到清邁），除了一般巴士外，還有VIP車種，設備舒適，座位幾乎可以平躺，還提供保暖用的毯子，並有服務親切的車掌小姐奉上茶水及點心。另還有一種VVIP車種，座位較少，每一個座位都是按摩座椅，並配有多媒體電視設備，讓你長途旅行不無聊。

必學單字

遊覽車／客運／長途巴士 รถทัวร / รถบัส rõd tour　rõd bus	乘客大廳 อาคารผู้โดยสาร aa kaan pùu dooi sáan

客運站 สถานีขนส่ง să táa nee khón sŏng	去程 ขาไป kháa pai	回程 ขากลับ kháa glăb

常用句子

從蘇凡納布國際機場有客運到華欣嗎？

จากสนามบินสุวรรณภูมิมีรถทัวร์ไปหัวหินไหม?

jăag să náam bin sŭ wan na puum mee rõd tour pai húa hín mái

幾點發車？

รถออกกี่โมง?

rõd ǒrg gěe moong

我要在哪裡買票？

ผมจะซื้อตั๋วได้ที่ไหน?

póm ja sẽu dúa dài tèe nái

可以線上購票嗎？

ซื้อตั๋วทางออนไลน์ได้ไหม?

sẽu dúa taang online dài mái

摩托計程車

　　機動性很高，很多趕時間的人士，塞車時間會改搭這種交通工具。捷運站外及附近巷口多數設有排班的摩托計程車。

　　如何辨識摩托計程車：注意摩托車騎士穿著藍色、橘色、紅色、綠色的背心且有編號，就是摩托計程車。 通常同一個摩托計程車站會穿同一個顏色的背心。

必學單字

巷口	巷尾	社區前
ปากซอย	ท้ายซอย	หน้าหมู่บ้าน
pǎag soi	tãai soi	nàa mǔu bàan

安全帽 หมวกกันน็อค mǔag gan nõg	摩托計程車服務站 วินมอเตอร์ไซค์ win mor der sai
談定價錢 ตกลงราคา dǒg long raa kaa	摩托計程車背心 เสื้อวิน sèua win

背心 เสื้อกั๊ก sèua gãg	送貨 ส่งของ sǒng khórng	側坐 นั่งข้าง nàng khàang
跨坐 นั่งค่อม nàng kòrm	超載（共三人行） ซ้อนสอง sõrn sórng	超載（共四人行） ซ้อนสาม sõrn sáam

常用句子

去巷口多少錢？

ไปปากซอยเท่าไร?

pai pǎag soi tào rai

怎麼算？

คิดยังไง?

kĭd yang ngai

請戴安全帽。

กรุณาสวมหมวกกันน็อค
ga rŭ naa súam mŭag gan nõg

摩托計程車服務站在哪裡？

วินมอเตอร์ไซค์อยู่ที่ไหน?
win mor der sai yŭu tèe nái

到了之後，請等一下再回程。

ไปแล้ว รอรับกลับด้วย
pai lāew ror rāb glăb dùay

有送貨服務嗎？

มีบริการส่งของไหม?
mee bor rĭ gaan sŏng khórng mái

不能超載。

ห้ามซ้อนสอง
hàam sõrn sórng

9人座小客車（又稱商旅車或麵包車）

　　9人座小客車，不只是小旅行團常用的交通工具，對於住在曼谷周圍的居民來説，是非常重要的交通工具之一，也是用來通行郊區與曼谷市區的主要交通工具。

　　9人座小客車採用共乘的概念，有固定路線、固定費率，便宜而節省通行時間，是學生及上班族的最愛之一。

常用句子

這附近有 9 人座小客車到芭達雅嗎？

แถวนี้มีรถตู้ไปพัทยาไหม?

táew nẽe mee rõd dùu pai pãd tã yaa mái

要去哪裡坐 9 人座小客車？

จะไปขึ้นรถตู้ได้ที่ไหน?

ja pai khèun rõd dùu dài tèe nái

搭乘 9 人座小客車從 Ekamai 到華欣多少錢？

ค่ารถตู้จากเอกมัยไปหัวหินเท่าไร?

kàa rõd dùu jǎag ěg ga mai pai húa hín tào rai

到了告訴我喔！

ถึงแล้วบอกนะ

téung lãew bǒrg nã

想要租 9 人座小客車在清邁市區遊玩，怎麼算？

ต้องการเช่ารถตู้เที่ยวในเมืองเชียงใหม่ คิดยังไง?

dòrng gaan chào rõd dùu tìaw nái meuang chiang mǎi kĩd yang ngai

客船

　　客船是泰國的主要交通工具之一，除了銜接各小島外，更是遊曼谷市區昭披耶河（潮州人又稱為「湄南河」)的重要工具之一。

昭披耶河（Chao Phraya River）

　　昭披耶河是泰國的主要交通幹道之一，兩旁的飯店均有提供夜遊行程，船上的晚宴是很熱門的曼谷活動，大約兩小時的遊船行程，坐在豪華船上享受美好的晚餐，一邊看著樂隊現場演出，一邊欣賞河岸兩旁的曼谷景點，度過一個悠閒的夜晚。

　　除了觀光遊河的行程以外，現代的曼谷人也大量仰賴客船運輸，以避免交通堵塞之苦。

- 由BTS捷運Saphan Taksin站2號出口就可到中央碼頭（Central Pier）。
- 中央碼頭候船路線相當清楚，可在站內的購票亭購票。
- 船票只在大站設有售票處，否則可以上船後買票，售票人員會過來問你要坐到哪裡，依他告知的船資付錢即可。有時候也會有人來查票。

空盛桑運河（Saen Saeb Canal）

　　空盛桑運河是許多曼谷人上下班的主要交通要道，選擇坐船可避免塞車、節省交通時間，尖峰時間多數客滿。大部分的船只行駛到19.00。

必學單字

船 เรือ reua	碼頭 ท่าเรือ tàa reua	包船 เหมาเรือ máo reua
快船 เรือด่วน reua dǔan	郵輪（外來語） เรือครูซ reua cruise	遊艇 เรือยอร์ช reua yacht
帆船 เรือใบ reua bai	郵輪 เรือสำราญ reua sám raan	艘 ลำ lam
渡船 เรือข้ามฟาก reua khàam fàag	交通船 เรือโดยสาร reua dooi sáan	

常用句子

搭船比較快。

นั่งเรือเร็วกว่านะ

nàng reua rew gwǎa nã

搭船從這個碼頭到 Iconsiam 很方便。

นั่งเรือจากท่าเรือนี้ไป Iconsiam สะดวกมาก

nàng reua jăag tàa reua nẽe pai iconsiam să dǔag màag

靠河邊的飯店有提供交通船的服務。

โรงแรมริมแม่น้ำมีเรือโดยสารให้บริการ

roong raem rim màe nãm mee reua dooi sáan hài bor rĩ gaan

夜遊昭披耶河之旅風景很美。

ล่องเรือแม่น้ำเจ้าพระยาตอนกลางคืนสวยมาก

lòrng reua màe nãm jào pra yaa dorn glaang keun súay màag

交通船每 5 分鐘一班。

เรือโดยสารให้บริการทุกๆ 5 นาที

reua dooi sáan hài bor rĩ gaan tũg tũg 5 naa tee

他搭郵輪去日本玩 5 天。

เขานั่งเรือสำราญไปเที่ยวญี่ปุ่น 5 วัน

kháo nàng reua sám raan pai tìaw yèe pǔn 5 wan

包船去大城遊玩要多少錢？

เหมาเรือไปเที่ยวอยุธยาเท่าไร?

máo reua pai tìaw a yũd tã yaa tào rai

步行／走路

必學單字

步行	步道	路邊	推車
เดินเท้า	ทางเดิน	ริมถนน	รถเข็น
den tão	taang den	rim ta nón	rõd khén

草場	電話亭	郵筒
สนามหญ้า	ตู้โทรศัพท์	ตู้ไปรษณีย์
sa náam yàa	dùu too rã săb	dùu prai să nee

公園	公共洗手間
สวนสาธารณะ	ห้องน้ำสาธารณะ
súan sáa taa rã nã	hòrng nãm sáa taa rã nã

常用句子

走得到嗎？

เดินไปถึงไหม?

den pai téung mái

你很會走嗎？／你耐走吧？

คุณเดินเก่งไหม?

kun den gěng mái

還要走很久嗎？

ต้องเดินอีกนานแค่ไหน?

dòrng den ĕeg naan kàe nái

我喜歡走路逛街。

ฉันชอบเดินช้อปปิ้ง

chán chòrb den shopping

散步有助消化。

เดินย่อยอาหาร

den yòi aa háan

走過來。

เดินมา

den maa

還要走很遠嗎？

เดินอีกไกลไหม?

den ĕeg glai mái

不用走很遠，5 分鐘就到了。

เดินไม่ไกล 5 นาทีก็ถึงแล้ว

den mài glai 5 naa tee gòr téung lāew

還能走嗎？

เดินไหวไหม?

den wái mái

租車

必學單字

租車 เช่ารถ chào rõd	車款 รุ่นรถยนต์ rùn rõd yon	保險 ประกันภัย pra gan pai
押金 ค่ามัดจำ kàa mãd jam	駕照 ใบขับขี่ bai khǎb khěe	汽車駕照 ใบขับขี่รถยนต์ bai khǎb khěe rõd yon
意外險 ประกันอุบัติเหตุ pra gan ǔ bǎd di hěd	機車駕照 ใบขับขี่รถมอเตอร์ไซค์ bai khǎb khěe rõd mor der sai	
國際駕照 ใบขับขี่สากล bai khǎb khěe sáa gon	取車地點 สถานที่รับรถ sǎ táan tèe rãb rõd	還車地點 สถานที่คืนรถ sǎ táan tèe keun rõd

常用句子

租車一天多少錢？

ค่าเช่ารถวันละเท่าไร?

kàa chào rõd wan lã tào rai

你要租車幾天？

คุณต้องการเช่ารถกี่วัน?

kun dòrng gaan chào rõd gěe wan

租車含司機。

เช่ารถพร้อมคนขับ

chào rõd prõrm kon khăb

有促銷嗎？

มีโปรโมชั่นไหม?

mee promotion mái

租車自駕。

เช่ารถขับเอง

chào rõd khăb eng

有提供 GPS 嗎？

มี GPS ให้ไหม?

mee GPS hài mái

租車費用一天 5,000 泰銖。

ค่าเช่ารถยนต์ วันละ 5,000 บาท

kàa chào rõd yon wan lã 5,000 băad

租摩托車費用一天 500 泰銖。

ค่าเช่ารถมอเตอร์ไซค์ วันละ 500 บาท

kàa chào rõd mor der sai wan lã 500 băad

我要租車自駕。

ผมต้องการเช่ารถเก๋งขับเอง

póm dòrng gaan chào rōd géng khǎb eng

我要租 9 人座小客車含司機。

ฉันต้องการเช่ารถตู้พร้อมคนขับ

chán dòrng gaan chào rōd dùu prõrm kon khǎb

要在幾點前還車？

ต้องคืนรถก่อนกี่โมง?

dòrng keun rōd gòrn gěe moong

你有自己開車旅行嗎？

คุณเคยขับรถเที่ยวเองไหม?

kun kei khǎb rōd tìaw eng mái

到外府遊玩時我們會租車自駕旅行。

เวลาไปเที่ยวต่างจังหวัด
พวกเราจะเช่ารถขับเที่ยวกันเอง

we laa pai tìaw dǎang jang wǎd pùag rao ja chào rōd khǎb tìaw gan eng

泰國租車的費用不貴。

ค่าเช่ารถประเทศไทย ไม่แพง

kàa chào rōd pra tèd thai mài paeng

這裡有出租摩托車嗎？

ที่นี่มีบริการเช่ารถมอเตอร์ไซค์ไหม?

tèe nèe mee bor rĩ gaan chào rõd mor der sai mái

飛機

必學單字

飛機	機場	班機
เครื่องบิน	สนามบิน	เที่ยวบิน
krèuang bin	sa náam bin	tiaw bin
航空公司	飛機票（口語）	頭等艙
สายการบิน	ตั๋วเครื่องบิน	ชั้นหนึ่ง
sáai gaan bin	dúa krèuang bin	chān nĕung
飛機票（正式）		
บัตรโดยสารเครื่องบิน		
bǎd dooi sáan krèuang bin		

護照	登機證
หนังสือเดินทาง	บัตรผ่านขึ้นเครื่อง
náng séu den taang	bǎd pǎan khèun krèuang

商務艙	經濟艙	櫃台
ชั้นธุรกิจ	ชั้นประหยัด	เคาน์เตอร์
chān tū rã gǐd	chān pra yǎd	counter

國內航廈

อาคารโดยสารในประเทศ

aa kaan dooi sáan nai pra tèd

國際航廈

อาคารโดยสารระหว่างประเทศ

aa kaan dooi sáan rã wǎang pra tèd

報到	行李	托運行李
เช็คอิน	สัมภาระ	โหลดสัมภาระ
check in	sám paa rã	lǒad sám paa rã

行李箱	登機門
กระเป๋าเดินทาง	ประตูขึ้นเครื่อง
gra báo den taang	pra duu khèun krèuang

小心易碎	入境卡	出境卡
ระวังแตกง่าย	บัตรขาเข้า	บัตรขาออก
rã wang dǎeg ngàai	bǎd kháa khào	bǎd kháa ŏrg

行李轉盤	空橋	登機門巴士
สายพาน	งวงช้าง	บัสเกต
sáai paan	nguang chãang	bus gate

目的地	國籍	血統
ที่หมาย	สัญชาติ	เชื้อชาติ
tèe máai	sán chàad	chẽua chàad

免稅商店	需要申報的東西
ร้านค้าปลอดภาษี	สิ่งของต้องสำแดง
rãan kãa plŏrd paa sée	sǐng khórng dòrng sám daeng

罰金	超重	行李推車
ค่าปรับ	น้ำหนักเกิน	รถเข็นกระเป๋า
kàa prǎb	nãm nǎg gen	rõd khén gra báo

入境檢查	增值稅退稅
ด่านตรวจคนเข้าเมือง	คืนภาษีมูลค่าเพิ่ม
dǎan drǔad kon khào meuang	keun paa sée muun lã kàa pèm

海關 ศุลกากร sún lã gaa gorn	機師 นักบิน nãg bin	機組人員 ลูกเรือ lùug reua
靠窗 ริมหน้าต่าง rim nàa dǎang	靠走道 ริมทางเดิน rim taang den	女空服人員 แอร์โฮสเตส air hostess

空服人員 พนักงานบริการบนเครื่องบิน pa nãg ngaan bor rĩ gaan bon krèuang bin

最後登機廣播 เรียกครั้งสุดท้าย rìag krãng sǔd tãai	緊急通道 ทางออกฉุกเฉิน taang ǒrg chǔg chén

男空服人員 สจ๊วต steward	救生衣 เสื้อชูชีพ sèua chu chèeb	延誤 ล่าช้า làa chãa

國內班機 เที่ยวบินภายในประเทศ tìaw bin paai nai pra tèd

國際班機 เที่ยวบินระหว่างประเทศ tìaw bin rã wǎang pra tèd		
旅客 นักท่องเที่ยว nãg tòng tìaw	時間表 ตารางเวลา daa raang we laa	通道／走道 ทางเดิน taang den
旅行社 บริษัทนำเที่ยว bor rĩ sǎd nam tìaw	取消班機 ยกเลิกเที่ยวบิน yõg lèrg tìaw bin	
安檢 จุดตรวจสอบความปลอดภัย jǔd drǔad sǒrb kwaam plǒrd pai		
兒童餐 อาหารเด็ก aa háan děg	素食 อาหารเจ aa háan je	海鮮餐 อาหารทะเล aa háan tã le
簽證 วีซ่า visa	航空公司貴賓室 ห้องรับรองสายการบิน hòrng rãb rorng sáai gaan bin	

預訂機票

常用句子

想要預訂飛機票。

ต้องการจองตั๋วเครื่องบิน

dòrng gaan jorng dúa krèuang bin

想要取消飛機票。

ต้องการยกเลิกตั๋วเครื่องบิน

dòrng gaan yõg lèrg dúa krèuang bin

想要更換出發日期。

ต้องการเปลี่ยนวันเดินทาง

dòrng gaan plĭan wan den taang

想要確認出發日期。

ต้องการยืนยันวันเดินทาง

dòrng gaan yeun yan wan den taang

預訂 2 張台北到曼谷的飛機票。

จองตั๋วเครื่องบิน ไทเป – กรุงเทพ 2 ที่นั่ง

jorng dúa krèuang bin taipei - gruang tèp 2 tèe nàng

預訂經濟艙機票。

จองตั๋วเครื่องบินชั้นประหยัด

jorng dúa krèuang bin chãn pra yăd

報到／托運行李

常用句子

你好，我們要去清邁。

สวัสดีค่ะ พวกเราจะไปเชียงใหม่

sa wăd dee kă pùag rao ja pai chiang măi

請給我看護照及簽證。

ขอดูหนังสือเดินทางและวีซ่าด้วยค่ะ

khór duu náng séu den taang lãe visa dùay kă

要托運行李嗎？

ต้องการโหลดกระเป๋าเดินทางไหม?

dòrng gaan lŏad gra báo den taang mái

託運 2 個行李箱。

โหลดกระเป๋าเดินทาง รวม 2 ใบ

lŏad gra báo den taang ruam 2 bai

我要靠窗的坐位。

ขอที่นั่งริมหน้าต่าง

khór tèe nàng rim nàa dăang

我要靠走道的坐位。

ขอที่นั่งริมทางเดิน

khór tèe nàng rim taang den

登機門在 B5。

ประตูขึ้นเครื่อง หมายเลข B5

pra duu khèun krèuang máai lèg B5

航空公司的貴賓室在哪裡？

ห้องรับรองสายการบินไปทางไหน?

hòrng rãb rorng sáai gaan bin pai taang nái

一路平安。

เดินทางโดยสวัสดิภาพ

den taang dooi sa wăd di pàab

有幾個行李箱？

มีสัมภาระกี่ใบ?

mee sám paa rã gĕe bai

安全檢查

常用句型

請脫＿＿＿＿

請脫＿＿＿＿

กรุณาถอด＿＿＿＿

ga rǔ naa tǒrd

鞋子	腰帶／皮帶	外套
รองเท้า	เข็มขัด	เสื้อคลุม
rorng tāo	khém khǎd	sèua klum

夾克外套	防寒外套
เสื้อแจ็คเก็ต	เสื้อกันหนาว
sèua jacket	sèua gan náaw

＿＿＿＿請放籃子裡

＿＿＿＿請放籃子裡

＿＿＿＿วางในตะกร้า

waang nai da gràa

行李／隨身行李 **กระเป๋าสัมภาระ** gra báo sám paa rã	金屬物質東西 **สิ่งของที่เป็นโลหะ** síng khórng tèe pen loo hǎ

電子產品

อุปกรณ์อิเล็กทรอนิกส์
ǔb pa gorn electronic

手機 **โทรศัพท์มือถือ** too rã sǎb meu téu	護照 **หนังสือเดินทาง** náng séu den taang
硬幣／零錢 **เศษเหรียญ** sěd rían	電腦 **คอมพิวเตอร์** computer

禁止帶_____上飛機

禁止帶_____上飛機

ห้ามพก_____ขึ้นเครื่อง
hàam pōg　　　　khèun krèuang

液體物品 **ของเหลว** khórng léw	噴霧 **สเปรย์** spray	易燃物 **วัตถุไวไฟ** wãd tǔ wai fai
火柴 **ไม้ขีดไฟ** mãi khěed fai	打火機 **ไฟแช็ค** fai chãek	武器 **อาวุธ** aa wũd

刀或具有切割功能的東西 **ของมีคม** khórng mee kom	行動電源 **แบตเตอรี่สำรอง** battery sám rorng
味道較重的食物 **อาหารที่มีกลิ่นแรง** aa háan tèe mee glǐn raeng	電池 **ถ่านไฟ** tǎan fai

航空公司貴賓室

常用句型

請出示護照及登機證。

ขอดูหนังสือเดินทางและ boarding pass
khór duu náng séu den taang lāe boarding pass

麻煩提醒我登機時間喔！

ช่วยเตือนเวลาขึ้นเครื่องด้วยนะ

chùay deuan we laa khèun krèuang dùay nã

班機延後 30 分鐘。

เที่ยวบินล่าช้า 30 นาที

tìaw bin làa chãa 30 naa tee

請提供網路密碼。

ขอรหัสเข้าใช้อินเตอร์เน็ตหน่อย

khór rã hăd khào chãi internet nŏi

登機

常用句子

借過。

ขอทางหน่อย

khór taang nŏi

請給我 1 個枕頭。

ขอหมอน 1 ใบ

khór mórn 1 bai

可以換位子嗎？

เปลี่ยนที่นั่งได้ไหม?

plĭan tèe nàng dài mái

請給我 1 副耳機。

ขอหูฟัง 1 อัน

khór húu fang 1 an

可以給我 2 條毛毯嗎？

ขอผ้าห่ม 2 ผืนได้ไหม?

khór pàa hǒm 2 péun dài mái

麻煩關閉通訊電子產品。

กรุณาปิดอุปกรณ์สื่อสารอิเล็กทรอนิกส์

ga rũ naa pǐd ǔb pa gorn sěu sáan electronic

不吃牛肉。

ไม่ทานเนื้อ

mài taan nẽua

請給我報紙。

ขอหนังสือพิมพ์หน่อย

khór náng séu pim nǒi

海鮮過敏。

แพ้อาหารทะเล

pãe aa háan tã le

請給我 1 杯水。

ขอน้ำดื่ม 1 แก้ว

khór nãm děum 1 gàew

隨身行李請放置上方行李櫃。

กระเป๋าสัมภาระวางช่องเก็บสัมภาระข้างบน

gra báo sám paa rã waang chòrng gěb sám paa rã khàang bon

入境通關

常用句子

來玩幾天？

มาเที่ยวกี่วัน?

maa tìaw gěe wan

要去哪些地方玩？

จะไปเที่ยวไหนบ้าง?

ja pai tìaw nái bàang

請看鏡頭。

กรุณามองกล้อง

ga rũ naa morng glòrng

請不要動。

กรุณาอย่าขยับ

ga rũ naa yǎa kha yǎb

來做生意。

มาทำธุรกิจ

maa tam tũ rã gǐd

手指擺這裡。

วางนิ้วตรงนี้

waang nĩu drong nẽe

請拿下帽子。

กรุณาถอดหมวก

ga rũ naa tǒrd mǔag

請拿下眼鏡。

กรุณาถอดแว่นตา

ga rũ naa tǒrd wàen daa

祝你玩得愉快。

ขอให้เที่ยวให้สนุก

khǒr hài tìaw hài sǎ nǔg

去羅永—沙美島玩 5 天。

ไปเที่ยวระยอง-เสม็ด 5 วัน

pai tìaw rã yong sǎ měd 5 wan

兌換外幣

必學單字

泰銖 เงินบาท ngen bǎad	台幣 เงินดอลลาร์ไต้หวัน ngen dollar taiwan
美元 เงินดอลลาร์สหรัฐ ngen dollar sǎ hǎ rãd	日圓 เงินเยนญี่ปุ่น ngen yen yèe pǔn

常用句子

機場內有地方換錢嗎？

ในสนามบินมีที่แลกเงินไหม?

nai sa náam bin mee tèe làeg ngen mái

今天匯率多少？

อัตราแลกเปลี่ยนวันนี้เท่าไร?

ǎd draa làeg plǐan wan nẽe tào rai

匯率 1 元美金兌換 30 泰銖。

อัตราแลกเปลี่ยน 1 ดอลลาร์สหรัฐต่อ 30 บาท

ăd draa làeg plĭan 1 dollar să hă rād dŏr 30 băad

匯率 1 元台幣兌換 1.1 泰銖。

อัตราแลกเปลี่ยน 1 ดอลลาร์ไต้หวันต่อ 1.1 บาท

ăd draa làeg plĭan 1 dollar taiwan dŏr 1.1 băad

要換多少？

ต้องการแลกเท่าไร?

dòrng gaan làeg tào rai

這裡簽名。

เซ็นชื่อตรงนี้

sen chèu drong nēe

請在這裡簽名。

กรุณาลงนามตรงนี้

ga rŭ naa long naam drong nēe

需要小鈔嗎？

ต้องการแบงค์ย่อยไหม?

dòrng gaan bank yòi mái

---

300 元美金可以換成 9,000 泰銖，要換嗎？

300 ดอลลาร์สหรัฐแลกเป็นเงินบาทได้ 9,000 บาท จะแลกไหม?

300 dollar să hă rād làeg pen ngen băad dài 9,000 băad ja làeg mái

---

第 4 章

餐飲／美食

餐廳種類

必學單字

餐廳 ร้านอาหาร rãan aa háan	自助餐餐廳 ร้านข้าวแกง rãan khàaw gaeng	中式料理餐廳 ร้านอาหารจีน rãan aa háan jeen

熱炒店 ร้านอาหารตามสั่ง rãan aa háan daam sǎng	泰式料理餐廳 ร้านอาหารไทย rãan aa háan thai
韓式料理餐廳 ร้านอาหารเกาหลี rãan aa háan gao lée	日式料理餐廳 ร้านอาหารญี่ปุ่น rãan aa háan yèe pǔn
義大利料理餐廳 ร้านอาหารอิตาลี rãan aa háan italy	西班牙料理餐廳 ร้านอาหารสเปน rãan aa háan spain
印度料理餐廳 ร้านอาหารอินเดีย rãan aa háan india	美式料理餐廳 ร้านอาหารอเมริกัน rãan aa háan american

西式料理餐廳	卡拉 OK 店
ร้านอาหารฝรั่ง	ร้านคาราโอเกะ
rãan aa háan fa răng	rãan karaoke

咖啡廳	水果店	冰淇淋店
ร้านกาแฟ	ร้านผลไม้	ร้านไอศกรีม
rãan gaa fae	rãan pól lã mãi	rãan ice cream

披薩店	點心店	PUB ／俱樂部
ร้านพิซซ่า	ร้านขนม	ผับ
rãan pizza	rãan kha nóm	pub

Bar ／酒吧	酒店	啤酒廣場
บาร์	ร้านเหล้า	ลานเบียร์
bar	rãan lào	laan beer

麵包店	麵店
ร้านขนมปัง	ร้านก๋วยเตี๋ยว
rãan kha nóm bang	rãan gúay díaw

燒烤店
ร้านปิ้งย่าง ／ ร้านบาร์บีคิว
rãan bìng yàang   rãan barbecue

烹飪方法

必學單字

烤 ปิ้ง bìng	烤／燒 ย่าง yàang	炸 ทอด tòrd	煮 ต้ม dòm
燙 ลวก lùag	燉 ตุ๋น dún	涼拌 ยำ yam	蒸 นึ่ง nèung
炒 ผัด pǎd	焗烤 อบ ǒb	乾炒 คั่ว kùa	搗 ตำ dam

餐食

泰國人主要的主食是米飯，如果看到泰國人早上就在吃海南雞飯、豬腳飯、湯麵，甚至炸雞糯米飯或烤豬肉串配糯米飯，請不要懷疑，那就是泰國人的早餐。

泰國是美食之都，在泰國可以品嘗到多元化的美食，早餐當然也不例外，無論是西式的三明治、漢堡、烘蛋、咖啡，或者中式的稀飯、粥、饅頭、包子、油條、豆漿都有，當然也有泰式的烤豬肉絲配糯米、打拋豬肉蓋飯加荷包蛋、泰式奶茶。

必學單字

早餐 อาหารเช้า aa háan chão	午餐 อาหารกลางวัน aa háan glaang wan	零食 อาหารว่าง aa háan wàang
晚餐／較晚的晚餐 อาหารเย็น ／ อาหารค่ำ aa háan yen　aa háan kàm		

訂位

常用句子

你好，我要訂位。

สวัสดีค่ะ ฉันต้องการจองที่ค่ะ
sa wǎd dee kǎ chán dòrng gaan jorng tèe kǎ

哪一天？

วันไหน?
wan nái

明天晚上 7 點。

พรุ่งนี้เย็น 1 ทุ่ม
prùng nẽe yen 1 tùm

幾位？

กี่ที่?
gěe tèe

4 位。

4 ที่
4 tèe

請問訂位大名。

ขอทราบชื่อผู้จอง
khór sàab chèu pùu jorng

我的名字是 Jeannie。

ดิฉันชื่อ Jeannie
di chán chèu jeannie

用飯店名稱 Rainbow Sky 預訂。

ขอจองในนามโรงแรม Rainbow Sky
khór jorng nai naam roong raem rainbow sky

訂 2 人桌。

จองโต๊ะสำหรับ 2 คน

jorng dō sám răb 2 kon

要預訂餐點或飲料嗎？

จะสั่งอาหารหรือเครื่องดื่มล่วงหน้าไหม?

ja săng aa háan réu krèuang dĕum lùang nàa mái

常用句型

要＿＿＿＿＿桌
要＿＿＿＿＿桌 ขอโต๊ะ＿＿＿＿＿ khór dō

必學單字

窗邊 ริมหน้าต่าง rim nàa dăang	靠窗 ติดหน้าต่าง dĭd nàa dăang
海邊 ริมทะเล rim tā le	靠海 ติดทะเล dĭd tā le

舞台前	靠舞台
หน้าเวที	ติดเวที
nàa we tee	dǐd we tee

抵達餐廳

✈ 有預訂位子

你好，有訂位嗎？

สวัสดีครับ จองไว้หรือเปล่า?

sa wǎd dee krāb jorng wāi réu plǎo

有訂 4 位。

จองไว้ 4 ที่

jorng wāi 4 tèe

訂位大名？

จองในชื่ออะไร?

jorng nai chèu a rai

預訂的名字是頌才。

จองในชื่อ สมชาย

jorng nai chèu sómchai

請等一下。

สักครู่นะครับ

sǎg krùu nā krāb

用 International Clinic Koh Samet 的名稱預訂。

จองในนาม International Clinic Koh Samet

jorng nai naam international clinic koh samet

第二桌的窗邊，好嗎？

โต๊ะที่ 2 ริมหน้าต่าง ดีไหม?

dõ tèe 2 rim nàa dǎang dee mái

好的，謝謝。

ดีครับ ขอบคุณครับ

dee krãb khǒrb kun krãb

這邊請。

เชิญทางนี้ครับ

chen taang nẽe krãb

✈ 沒有預訂位子

沒有預訂

ไม่ได้จองไว้

mài dài jorng wãi

有位子嗎？

มีโต๊ะ／ที่นั่งว่างไหม?

mee dõ   tèe nàng wàang mái

要等嗎？

จะรอไหม?

ja ror mái

要等很久嗎？

ต้องรอนานไหม?

dòrng ror naan mái

謝謝。

ขอบคุณค่ะ

khǒrb kun kǎ

等 15 到 20 分鐘

รอประมาณ 15-20 นาที

ror pra maan 15-20 naa tee

請問您大名、電話。

ขอทราบชื่อ เบอร์มือถือด้วย

khór sàab chèu ber meu téu dùay

如果有位子，我將儘快電話通知你。

ถ้ามีโต๊ะ／ที่นั่งเราจะรีบโทรศัพท์แจ้งคุณทันที

tàa mee dõ   tèe nàng rao ja rèeb too rã sǎb jàeng kun tan tee

餐廳的電話通知

常用句子

你好，這裡是暹羅海鮮餐廳。

สวัสดีค่ะ โทรจากร้านอาหารสยามซีฟู้ดนะคะ

sa wǎd dee kǎ too jǎag rãan aa háan siam seafood nã kǎ

現在有位子了。

ตอนนี้มีโต๊ะว่างแล้วค่ะ

dorn nẽe mee dõ wàang lãew kǎ

泰國菜菜單

✈ 肉類 เนื้อสัตว์

雞肉 **เนื้อไก่** nẽua gǎi	豬肉 **เนื้อหมู** nẽua múu	蝦肉 **เนื้อกุ้ง** nẽua gùng
魚肉 **เนื้อปลา** nẽua plaa	牛肉 **เนื้อวัว** nẽua wua	羊肉（山羊） **เนื้อแพะ** nẽua pãe
羊肉（綿羊） **เนื้อแกะ** nẽua gae	蟹肉 **เนื้อปู** nẽua puu	鴨肉 **เนื้อเป็ด** nẽua pěd
血蛤 **หอยแครง** hói kraeng	孔雀蛤 **หอยแมลงภู่** hói mã laeng pùu	生蠔 **หอยนางรม** hói naang rom
干貝 **หอยเชลล์** hói shell	龍蝦 **กุ้งมังกร** gùng mang gorn	軟殼蟹 **ปูนิ่ม** puu nìm

花枝／魷魚 ปลาหมึก plaa měug	魚翅 หูฉลาม húu cha láam

麵類／粿條、河粉　บะหมี่／ก๋วยเตี๋ยว

鼎邊銼／粿仔條 ก๋วยจั๊บ gúay jãb	米粉 เส้นหมี่ sèn měe	河粉 เส้นเล็ก sèn lẽg
寬河粉 เส้นใหญ่ sèn yǎi	冬粉 วุ้นเส้น wũn sèn	泰北咖哩麵線 ข้าวซอย khào soi

泡麵 บะหมี่กึ่งสำเร็จรูป ba měe gěung sám rěd rùub	泡麵（口語） มาม่า maa màa
酸辣麵 ก๋วยเตี๋ยวต้มยำ gúay díaw dòm yam	豬血湯麵 ก๋วยเตี๋ยวน้ำตก gúay díaw nãm dǒg

醃豆腐湯麵	泰式炒河粉	黑醬油炒河粉
เย็นตาโฟ	ผัดไทย	ผัดซีอิ๊ว
yen daa foo	păd thai	păd see ēw

酸辣醃豆腐湯麵	咖哩魚米線
ต้มยำเย็นตาโฟ	ขนมจีนน้ำยา
dòm yam yen daa foo	kha nóm jeen nãm yaa

湯麵／乾麵	船麵
บะหมี่น้ำ ／ แห้ง	ก๋วยเตี๋ยวเรือ
ba měe nãm　　hàeng	gúay díaw reua

✗ 湯類 แกง／น้ำแกง

酸辣蝦湯	酸辣湯（清湯）	酸辣湯（加辣油）
ต้มยำกุ้ง	ต้มยำน้ำใส	ต้มยำน้ำข้น
dòm yam gùng	dòm yam nãm sái	dòm yam nãm khòn
南薑椰汁雞	花生黃咖哩	馬鈴薯黃咖哩
ต้มข่าไก่	แกงมัสมั่น	แกงไก่
dòm khǎa gǎi	gaeng mãd sǎ mǎn	gaeng gǎi

綠咖哩雞	辣紅咖哩烤鴨
แกงเขียวหวานไก่	แกงเผ็ดเป็ดย่าง
gaeng khíaw wáan gǎi	gaeng pěd pěd yàang

鳳梨咖哩	肉末豆腐湯
แกงคั่วสัปปะรด	แกงจืดเต้าหู้หมูสับ
gaeng kùa sǎb pa rõd	gaeng jěud dào hùu múu sǎb

紅咖哩牛	苦瓜湯	酸湯
พะแนงเนื้อ	แกงจืดมะระ	แกงส้ม
pā naeng nẽua	gaeng jěud mã rã	gaeng sòm

冬粉湯	鹹魚酸湯
แกงจืดวุ้นเส้น	แกงส้มปลาเค็ม
gaeng jěud wũn sèn	gaeng sòm plaa kem

泰南辣魚湯	東北辣湯	香辣蔬菜湯
แกงไตปลา	แกงป่า	แกงเลียง
gaeng dai plaa	gaeng pǎa	gaeng liang

✈ 涼拌類 ยำ

涼拌青木瓜 **ส้มตำ** sòm dam	泰式涼拌青木瓜 **ส้มตำไทย** sòm dam thai	泰式涼拌青木瓜加鹹蛋 **ส้มตำไทยไข่เค็ม** sòm dam thai khǎi kem
涼拌青木瓜加螃蟹 **ส้มตำปู** sòm dam puu	涼拌青木瓜加臭魚 **ส้มตำปลาร้า** sòm dam plaa rãa	涼拌水果 **ตำผลไม้** dam pól lã mãi
涼拌玉米 **ตำข้าวโพด** dam khàaw pòod	涼拌冬粉 **ยำวุ้นเส้น** yam wũn sèn	涼拌海鮮 **ยำทะเล** yam tã le
涼拌花枝 **ยำปลาหมึก** yam plaa mĕug	涼拌泡麵 **ยำมาม่า** yam maa màa	涼拌荷包蛋 **ยำไข่ดาว** yam khǎi daaw
涼拌三脆 **ยำสามกรอบ** yam sáam grŏrb	涼拌鳳爪 **ยำเล็บมือนาง** yam lẽb meu naang	涼拌四角豆／翼豆 **ยำถั่วพลู** yam tǔa pluu
涼拌香茅 **ยำตะไคร้** yam da krãi	涼拌魚肚 **ยำกระเพาะปลา** yam gra prŏr plaa	涼拌芒果 **ยำมะม่วง** yam mã mùang

✈ 蛋類 ไข่

蛋 ไข่ khǎi	荷包蛋 ไข่ดาว khǎi daaw	煎蛋 ไข่เจียว khǎi jiaw
碎肉煎蛋 ไข่เจียวหมูสับ khǎi jiaw múu sǎb		蟹肉煎蛋 ไข่เจียวฟูปู khǎi jiaw fuu buu
水煮蛋 ไข่ต้ม khǎi dòm	鹹蛋 ไข่เค็ม khǎi kem	皮蛋 ไข่เยี่ยวม้า khǎi yìaw mãa
半熟水煮蛋 ไข่ลวก khǎi lùag	炸蛋佐焦糖 ไข่ลูกเขย khǎi lùug khéi	烤蛋 ไข่ปิ้ง khǎi pìng

✈ 燒烤類 ปิ้ง／ย่าง／เผา／อบ

烤豬肉串 หมูปิ้ง múu pìng	沙嗲豬肉串 หมูสะเต๊ะ múu sǎ dẽ	烤肉丸 ลูกชิ้นปิ้ง lùug chĩn pìng

烤花枝卵 ไข่ปลาหมึกปิ้ง khǎi plaa měug pìng	東北香腸 ไส้กรอกอีสาน sài grǒrg ee sáan	泰北香腸 ไส้อั่ว sài ǔa
烤雞 ไก่ย่าง gǎi yàang	烤豬頸肉 คอหมูย่าง kor múu yàang	烤鴨 เป็ดย่าง pěd yàang
烤蝦 กุ้งเผา gùng páo	烤魚 ปลาเผา plaa páo	烤血蛤 หอยแครงเผา hói kraeng páo
冬粉燜蟹堡 ปูอบวุ้นเส้น puu ǒb wũn sèn	烤奶油蝦 กุ้งอบเนย gùng ǒb nei	烤乳豬 หมูหัน múu hán

✈飯類 ข้าว

白飯 ข้าวเปล่า ／ ข้าวสวย khàaw plǎo　　khàaw súay	粥／稀飯 โจ๊ก ／ ข้าวต้ม jõog　　khào dòm

糯米	海南雞飯	炸雞肉飯
ข้าวเหนียว	ข้าวมันไก่	ข้าวมันไก่ทอด
khàaw níaw	khàaw man gǎi	khàaw man gǎi tòrd

薑黃雞肉飯	豬腳飯	蝦醬拌飯
ข้าวหมกไก่	ข้าวขาหมู	ข้าวคลุกกะปิ
khàaw mǒg gǎi	khàaw kháa múu	khàaw klũg ga pi

叉燒飯	打拋雞肉炒飯加荷包蛋
ข้าวหมูแดง	ข้าวผัดกระเพราไก่ไข่ดาว
khàaw múu daeng	khàaw pǎd gra prao gǎi khǎi daaw

鳳梨炒飯	脆皮豬肉飯
ข้าวผัดสับปะรด	ข้าวหมูกรอบ
khàaw pǎd sǎb pa rõd	khàaw múu grǒrb

碎肉煎蛋蓋飯	自助餐
ข้าวไข่เจียวหมูสับ	ข้าวราดแกง
khàaw khǎi jiaw múu sǎb	khàaw ràad gaeng

✈ 炸物 ของทอด

金錢蝦餅 ทอดมันกุ้ง tòrd man gùng	炸酸肉 แหนมทอด náem tòrd	蚵仔煎 หอยทอด hói tòrd

魚餅 ทอดมันปลากราย tòrd man plaa graai	炸雞翅 ปีกไก่ทอดเกลือ pěeg gǎi tòrd gleua
炸魚 ปลาทอดน้ำปลา plaa tòrd nǎm plaa	炸豬肉乾 หมูแดดเดียว múu dǎed diaw

蒜香黑胡椒豬 หมูทอดกระเทียมพริกไทย múu tòrd gra tiam prǐg thai	炸蟹肉捲 หอยจ้อ hói jòr

炸豬皮 แค็บหมู kǎeb múu	炸魚皮 หนังปลาทอด náng plaa tòrd

✈ 各式料理名稱 อาหารนานาชนิด

清蒸檸檬鱸魚 **ปลากระพงนึ่งมะนาว** plaa gra pong nèung mã naaw	清蒸醬油石斑魚 **ปลาเก๋านึ่งซีอิ๊ว** plaa gáo nèung see ẽw
咖哩螃蟹 **ปูผัดผงกระหรี่** puu pǎd póng gra lěe	紅燒魚肚 **กระเพาะปลาน้ำแดง** gra põr plaa nãm daeng

清蒸螃蟹 **ปูนึ่ง** puu nèung	打拋豬 **กระเพราหมู** gra prao múu	春捲 **เปาะเปี๊ยะสด** por pĩa sǒd
炸春捲 **เปาะเปี๊ยะทอด** por pĩa tòrd	酸辣蝦 **กุ้งมะนาว** gùng mã naaw	涼拌活蝦 **กุ้งเต้น** gùng dèn
泰式涼拌生蝦 **กุ้งแช่น้ำปลา** gùng chàe nãm plaa	東北涼拌筍子 **ซุปหน่อไม้** sūb nǒr mãi	香辣東北豬肉末 **ลาบหมู** làab múu
香辣東北烤豬 **น้ำตกหมู** nãm dǒg múu	咖哩海鮮蒸 **ห่อหมก** hǒr mǒg	炒空心菜 **ผักบุ้งไฟแดง** pǎg bùng fai daeng

炒高麗菜 กะหล่ำปลีทอดน้ำปลา ga lăm plee tòrd năm plaa	炒豆芽 ผัดถั่วงอก păd tŭa ngòrg
炒含羞草 ผักกระเฉดไฟแดง păg gra chĕd fai daeng	脆皮芥藍 คะน้าหมูกรอบ kā nãa múu grŏrb
炒青菜 ผัดผักรวมมิตร păd păg ruam mĭd	辣炒四季豆 ถั่วฝักยาวผัดเผ็ด tŭa făg yaaw păd pĕd

燒賣 ขนมจีบ kha nóm jĕeb	包子 ซาลาเปา saa laa bao	蝦餃 ฮะเก๋ากุ้ง hã gáo gùng
蘿蔔糕 ขนมผักกาด kha nóm păg găad	甘蔗蝦 กุ้งพันอ้อย gùng pan òi	生魚片 ปลาดิบ plaa dĭb
拉麵 ราเม็ง raa meng	牛排 สเต็ก steak	義大利麵 สปาเก็ตตี้ spaghetti

披薩 พิซซ่า pizza	薯條 เฟรนช์ฟลาย french fries	麵包 ขนมปัง kha nóm pang

泰式辣椒醬類、沾醬類 น้ำพริก

辣蝦醬 น้ำพริกกะปิ nãm prĩg ga pi	辣油辣醬 น้ำพริกเผา nãm prĩg páo	紅眼醬 น้ำพริกตาแดง nãm prĩg daa daeng
地獄辣醬 น้ำพริกนรก nãm prĩg nã rõg	泰北番茄辣醬 น้ำพริกอ่อง nãm prĩg ǒrng	泰北青辣椒醬 น้ำพริกหนุ่ม nãm prĩg nǔm
沾醬 น้ำจิ้ม nãm jìm	海鮮沾醬 น้ำจิ้มทะเล nãm jìm tã le	火鍋沾醬 น้ำจิ้มสุกี้ nãm jìm sǔ gèe
東北沾醬 น้ำจิ้มแจ่ว nãm jìm jǎew	甜魚露（水果沾醬） น้ำปลาหวาน nãm plaa wáan	甜鹹佐辣粉（水果沾醬） พริกกะเกลือ prĩg ga gleua

調味料 เครื่องปรุง

辣椒粉 พริกป่น prĩg pǒn	魚露 น้ำปลา nãm plaa	糖 น้ำตาล nãm taan	花生粉 ถั่วลิสงบด tǔa lĩ sóng bǒd
醋 น้ำส้มสายชู nãm sòm sáai chuu	辣椒醋 พริกน้ำส้ม prĩg nãm sòm	辣椒魚露 พริกน้ำปลา prĩg nãm plaa	

甜點類 ของหวาน

芒果糯米 ข้าวเหนียวมะม่วง khàaw níaw mã mùang	榴槤糯米 ข้าวเหนียวทุเรียน khàaw níaw tũ rian
泰式甜醬配糯米 ข้าวเหนียวสังขยา khàaw níaw sáng kha yáa	泰式湯圓加蛋 บัวลอยไข่หวาน bua loi khǎi wáan

西米露 สาคูกะทิ sáa kuu ga tĩ	燕窩 รังนก rang nõg	剉冰 น้ำแข็งใส nãm khǽng sái

冰紅豆湯 ถั่วแดงเย็น tǔa daeng yen	熱黑芝麻 งาดำร้อน ngaa dam rõrn	椰奶凍 วุ้นกะทิ wũn ga tĩ
椰奶燒 ขนมครก kha nóm krõg	蛋捲 ทองม้วน torng mũan	南瓜糕點 ขนมตาล kha nóm taan
甜蛋黃花 ทองหยิบ torng yǐb	甜蛋黃球 ทองหยอด torng yǒrd	甜蛋黃絲 ฝอยทอง fói torng
泰式千層糕 ขนมชั้น kha nóm chãn	香蕉米糕 ขนมกล้วย kha nóm glùay	香蘭椰香糕 ขนมถ้วย kha nóm tùay
椰漿糖心糕 ขนมใส่ไส้ kha nóm sǎi sài	年糕 ขนมเข่ง kha nóm khěng	椰奶芭蕉 กล้วยบวชชี glùay bǔad chee
椰奶荸薺糕 ตะโก้ da gòo	蛋糕 เค้ก cake	鳳梨酥 พายสัปปะรด paai sǎb pa rõd

蒸南瓜椰漿糕	椰子冰
ฟักทองสังขยา	ไอศกรีมกะทิ
fãg torng sáng kha yáa	ice cream ga tĩ
椰奶香蘭粉條	南瓜米糕
ลอดช่องกะทิ	ขนมฟักทอง
lòrd chòrng ga tĩ	kha nóm fãg torng

✦水果 ผลไม้

椰子	榴槤	山竹	西瓜
มะพร้าว	ทุเรียน	มังคุด	แตงโม
mã prãaw	tũ rian	mang kŭd	daeng moo
鳳梨	番石榴／芭樂	芒果	羅望子
สัปปะรด	ฝรั่ง	มะม่วง	มะขาม
săb pa rõd	fa răng	mã mùang	mã kháam
木瓜	龍眼	波羅蜜	紅毛丹
มะละกอ	ลำใย	ขนุน	เงาะ
mã lã gor	lam yai	kha nún	ngõr

甘蔗 **อ้อย** òi	香蕉 **กล้วยหอม** glùay hórm	蛋蕉 **กล้วยไข่** glùay khǎi	蓮霧 **ชมพู่** chom pùu
橘子 **ส้ม** sòm	柚子 **ส้มโอ** sòm oo	蘋果 **แอปเปิ้ล** apple	紅石榴 **ทับทิม** tāb tim
釋迦 **น้อยหน่า** nōi nǎa	櫻桃 **เชอร์รี่** cherry	梅子 **บ๊วย** bũay	檸檬 **มะนาว** mã naaw
楊桃 **มะเฟือง** mã feuang	荔枝 **ลิ้นจี่** lĩn jee	百香果 **เสาวรส** sáo wã rõd	梨子 **สาลี่** sáa rèe
芭蕉 **กล้วยน้ำว้า** glùay nãm wāa		草莓 **สตรอเบอร์รี่** strawberry	火龍果 **แก้วมังกร** gàew mang gorn

飲料 เครื่องดื่ม

鮮奶 นมสด nom sǒd	鮮榨橙汁 น้ำส้มคั้น nãm sòm kãn	椰子汁 น้ำมะพร้าว nãm mã prãaw
檸檬汁 น้ำมะนาว nãm mã naaw	斑斕汁 น้ำใบเตย nãm bai daei	甲猜汁 น้ำกระชาย nãm gra chaai
西瓜汁 น้ำแตงโม nãm daeng moo	水果汁 น้ำผลไม้ nãm pól lã mãi	菊花茶 น้ำเก๊กฮวย nãm gẽg huai
木橘汁 น้ำมะตูม nãm mã duum	紅花茶 น้ำดอกคำฝอย nãm dǒrg kam foi	洛神花茶 น้ำกระเจี๊ยบ nãm gra jĩab
香茅茶 น้ำตะไคร้ nãm da krãi	蝶豆花茶 น้ำอัญชัน nãm an chan	草本茶／花茶 น้ำสมุนไพร nãm sa mún prai

冰沙 น้ำปั่น nãm pǎn	茶 ชา chaa	泰式紅茶 ชาดำ chaa dam	泰式冰紅茶 ชาดำเย็น chaa dam yen
水果茶 ชาผลไม้ chaa pól lã mãi	熱茶 ชาร้อน chaa rõrn	泰式奶茶 ชาเย็น chaa yen	奶茶 ชานม chaa nom

珍珠奶茶 ชานมไข่มุก chaa nom khǎi mũg	綠茶 ชาเขียว chaa khíaw	咖啡 กาแฟ gaa fae
檸檬紅茶 ชามะนาว chaa mã naaw	泰式黑咖啡 โอเลี้ยง oo lĩang	泰式古早黑咖啡 กาแฟโบราณ gaa fae boo raan

泰式粉奶 นมเย็น nom yen	可可／巧克力 โกโก้ ／ ช็อกโกแลต cocoa chocolate

芬達 แฟนต้า fanta	紅色芬達 แฟนต้าน้ำแดง fanta nãm daeng

綠色芬達	橘色芬達
แฟนต้าน้ำเขียว	แฟนต้าน้ำส้ม
fanta nãm khíaw	fanta nãm sòm

酒	啤酒	紅酒
เหล้า	เบียร์	ไวน์
lào	beer	wine

清酒	白蘭地	威士忌
สาเก	บรั่นดี	วิสกี้
sake	brandy	whisky

薑茶	糖水	糖漿
น้ำขิง	น้ำหวาน	น้ำเชื่อม
nãm khíng	nãm wáan	nãm chèuam

汽水	可口可樂	雪碧
น้ำอัดลม	โค้ก	สไปร์ท
nãm ǎd lom	coke	sprite

百事可樂	冰塊	蘇打水
เป๊ปซี่	น้ำแข็ง	โซดา
pepsi	nãm kháeng	soda

點菜

常用句子

有英文菜單嗎？

มีเมนูอาหารภาษาอังกฤษไหม?

mee menu aa háan paa sáa ang grǐd mái

有中文菜單嗎？

มีเมนูอาหารภาษาจีนไหม?

mee menu aa háan paa sáa jeen mái

有圖片的菜單嗎？

มีเมนูที่มีภาพไหม?

mee menu tèe mee pàab mái

要豬腳飯 1 盤。

เอาข้าวขาหมู 1 จาน

ao khàaw kháa múu 1 jaan

這個是什麼？

อันนี้อะไร?

an nẽe a rai

今天您想點什麼？

วันนี้จะรับอะไรดี?

wan nẽe ja rãb a rai dee

要海南雞飯 1 盤。

ขอข้าวมันไก่ 1 จาน

khór khàaw man gǎi 1 jaan

請介紹一下。

ช่วยแนะนำหน่อย

chùay nãe nam nǒi

今天有一個特別的菜想試試看嗎？

วันนี้มีเมนูพิเศษ จะลองไหม?

wan nẽe mee menu pĩ sĕd ja lorng mái

我們很餓。

พวกเราหิวมาก

pùag rao híw màag

我先去洗一下手。

ขอตัวไปล้างมือสักครู่

khór dua pai lãang meu săg krùu

剛點的菜可以換嗎？

ขอเปลี่ยนรายการอาหารที่สั่งได้ไหม?

khór plĩan raai gaan aa háan tèe săng dài mái

剛點的菜可以取消嗎？

ขอยกเลิกรายการอาหารที่สั่งได้ไหม?

khór yõg lèrg raai gaan aa háan tèe săng dài mái

可以再說一遍剛剛點的菜嗎？

ช่วยทวนรายการอาหารที่สั่งไปได้ไหม?

chùay tuan raai gaan aa háan tèe săng pai dài mái

我們點幾樣菜了？

พวกเราสั่งไปกี่อย่างแล้ว?

pùag rao săng pai gĕe yăang lãew

我不吃______

常用句型

我不吃______
我不吃______ （男）ผมไม่กิน______ póm mài gin

必學單字

牛肉 เนื้อวัว nẽua wua	生的食物 อาหารดิบ aa háan dǐb	海鮮 อาหารทะเล aa háan tã le
豬肉 เนื้อหมู nẽua múu	大蒜 กระเทียม gra tiam	青蔥 ต้นหอม dòn hórm
洋蔥 หัวหอม húa hórm	紅蔥 หอมแดง hórm daeng	香菜 ผักชี pǎg chee

不吃的口味

常用句型

我不吃________
我不吃________ （女）ฉันไม่กิน________ chán mài gin

必學單字

辣	酸	苦
เผ็ด	เปรี้ยว	ขม
pĕd	prìaw	khóm

食物過敏

常用句型

我對________過敏
我對________過敏 （男）ผมแพ้________　（女）ฉันแพ้________ póm pãe　chán pãe

必學單字

螃蟹 ปู puu	蝦子 กุ้ง gùng	起司 ชีส cheese	蛋 ไข่ khǎi

貝類 หอย hói	鮮奶 นมสด nom sǒd	芝麻 งา ngaa

海鮮 อาหารทะเล aa háan tã le	生蠔 หอยนางรม hói naang rom
小麥 ข้าวสาลี khàaw sáa lee	花生 ถั่วลิสง tǔa lĩ sóng
杏仁 อัลมอนด์ almond	蜂蜜 น้ำผึ้ง nãm phèung

點飲料

常用句子

要喝什麼飲料？

รับเครื่องดื่มไหม?

rãb krèuang děum mái

要柳橙汁 1 杯。

ขอน้ำส้ม 1 แก้ว

khór nãm sòm 1 gàew

是鮮榨柳橙汁嗎？

น้ำส้มคั้นสดหรือเปล่า?

nãm sòm kãn sǒd réu plǎo

香水椰子 1 顆。

มะพร้าวน้ำหอม 1 ลูก

mã prãaw nãm hórm 1 lùug

熱咖啡 1 杯。

กาแฟร้อน 1 ถ้วย

gaa fae rõrn 1 tùay

檸檬汁冰沙 1 杯。

น้ำมะนาวปั่น 1 แก้ว

nãm mã naaw pǎn 1 gàew

紅酒 1 瓶。

ไวน์แดง 1 ขวด

wine daeng 1 khǔad

請把糖分開放，可以嗎？

ช่วยแยกน้ำตาลต่างหากได้ไหม?

chùay yàeg nãm daan dǎang hǎag dài mái

獅牌啤酒 1 罐。

เบียร์สิงห์ 1 กระป๋อง

beer síng 1 gra pórng

這個飲料裡有酒精嗎？

เครื่องดื่มนี้มีแอลกอฮอล์ไหม?

krèuang děum nẽe mee alcohol mái

常用句型

不要________

不要________

ไม่เอา________

mài ao

必學單字

甜	冰塊
หวาน	น้ำแข็ง
wáan	nãm kháeng

常用句型

不要放______
不要放______ ไม่ใส่ ______ mài sǎi

必學單字

糖	糖漿	鮮奶
น้ำตาล nãm daan	น้ำเชื่อม nãm chèuam	นมสด nom sǒd

煉乳	奶精
นมข้นหวาน nom khòn wáan	ครีมเทียม cream tiam

餐具

必學單字

<table>
<tr><td>湯匙
ช้อน
chõrn</td><td>叉子
ส้อม
sòrm</td><td>筷子
ตะเกียบ
da gǐab</td><td>刀
มีด
mèed</td></tr>
<tr><td>涼濕巾
ผ้าเย็น
pàa yen</td><td>桌子
โต๊ะ
dõ</td><td>椅子
เก้าอี้
gào yèe</td><td>茶壺
กาน้ำ
gaa nãm</td></tr>
<tr><td>玻璃杯／杯子
แก้วน้ำ
gàew nãm</td><td>杯子、馬克杯
ถ้วยน้ำ
tùay nãm</td><td>防蚊液
ยากันยุง
yaa gan yung</td><td>瓶子
ขวด
khǔad</td></tr>
<tr><td colspan="2">鋁罐
กระป๋อง
gra pórng</td><td colspan="2">油燈
ตะเกียงไฟ
da giang fai</td></tr>
<tr><td colspan="4">衛生紙
กระดาษชำระ ／ กระดาษทิชชู่
gra dǎad cham rã　　gra dǎad tissue</td></tr>
</table>

素食

常用句子

有素食嗎？

มีอาหารเจไหม?

mee aa háan je mái

我們吃素。

พวกเรากินเจ

pùag rao gin je

瑪莉不吃肉類。

คุณมะลิไม่กินเนื้อสัตว์

kun mã lĩ mài gin nẽua sǎd

他不吃海鮮。

เขาไม่กินอาหารทะเล

kháo mài gin aa háan tã le

我可以吃蛋。

ผมกินไข่ได้

póm gin khǎi dài

我不吃肉類，但可以吃海鮮。

ฉันไม่กินเนื้อสัตว์ แต่กินอาหารทะเลได้

chán mài gin nẽua sǎd dǎe gin aa háan tã le dài

付款結帳

必學單字

收錢／結帳（正式）	收錢／結帳（口語）	結帳
เก็บเงิน gĕb ngen	เก็บตังค์ gĕb dang	เช็คบิล check bill

常用句子

請給我看明細。

ขอดูรายละเอียดด้วย

khór duu raai lã ĭad dùay

有服務費嗎？

มีค่าบริการไหม?

mee kàa bor rĩ gaan mái

總共 2,000 泰銖。

ทั้งหมด 2,000 บาท

tãng mŏd 2,000 băad

不用找錢。

ไม่ต้องทอน

mài dòrng torn

服務費是餐費的 10%。

ค่าบริการเป็น 10 เปอร์เซ็นต์ของค่าอาหาร

kàa bor rĩ gaan pen 10 percent khórng kàa aa háan

這餐我請客。

มื้อนี้ ผมเลี้ยง

mẽu nẽe póm lĩang

餐食很好吃。

อาหารอร่อยมาก

aa háan a rǒi màag

下次請再來喔！

โอกาสหน้าเชิญใหม่นะ

oo gǎad nàa chen mǎi nã

外帶／打包

常用句子

這裡用餐還是要外帶？

ทานที่นี่หรือห่อกลับบ้าน?

taan tèe nèe réu hǒr glǎb bàan

要打包拿回家嗎？

จะห่อกลับบ้านไหม?

ja hǒr glǎb bàan mái

幫忙打包這兩盤菜。

ช่วยห่ออาหาร 2 จานนี้ด้วยค่ะ

chùay hǒr aa háan 2 jaan nẽe dùay kǎ

傳統菜市場

常用句子

怎麼賣？

ขายยังไง?

kháai yang ngai

一公斤 100 泰銖。

กิโลกรัมละ 100 บาท

kilogram lã 100 bǎad

半公斤 60 泰銖。

ครึ่งกิโลกรัมละ 60 บาท

krèung kilogram lã 60 bǎad

可以便宜一點嗎？

ลดหน่อยได้ไหม?

lõd nǒi dài mái

算整數就好。

คิดถ้วนๆ แล้วกัน

kĩd tùan tùan lãew gan

50 泰銖可以嗎？

50 บาทได้ไหม?

50 bǎad dài mái

常用句型

1＿＿＿＿＿60泰銖
（賣法）1＿＿＿＿＿60泰銖 ขาย＿＿＿＿＿ละ60บาท kháai lã 60 bǎad

必學單字

公斤 กิโลกรัม kilogram	斤 ชั่ง chàng	100公克 ขีด khěed	公克 กรัม gram
把 กำ gam	堆 กอง gorng	盤 จาน jaan	籃 ตะกร้า da gràa

速食

必學單字

漢堡 แฮมเบอร์เกอร์ hamburger	番茄醬 ซอสมะเขือเทศ sauce mã khéua tèd	
三明治 แซนด์วิช sandwich	炸雞 ไก่ทอด găi tòrd	雞腿 น่องไก่ nòrng găi
雞翅 ปีกไก่ pěeg găi	薯條 เฟรนช์ฟลาย french fries	培根 เบคอน bacon
甜甜圈 โดนัท donut	套餐 เซ็ตเมนู set menu	辣椒醬 ซอสพริก sauce prĩg

常用句子

我要一份 2 號套餐。

ขอเซ็ตเมนู เลข 2 หนึ่งที่

khór set menu lèg 2 nĕung tèe

可以換飲料嗎？

ขอเปลี่ยนเครื่องดื่มได้ไหม?

khór plĭan krèuang dĕum dài mái

有哪些飲料可以選？

มีเครื่องดื่มอะไรให้เลือกบ้าง?

mee krèuang dĕum a rai hài lèuag bàang

不要冰塊。

ไม่เอาน้ำแข็ง

mài ao nãm kháeng

加 10 泰銖升級大杯，要嗎？

เพิ่ม 10 บาท ได้แก้วใหญ่ เอาไหม?

pèm 10 băad dài gàew yăi ao mái

換大薯條要加多少錢？

เปลี่ยนเฟรนซ์ฟลายใหญ่ต้องเพิ่มเท่าไร?

plĭan french-fries yăi dòrng pèm tào rai

蛋捲冰淇淋有哪些口味？

ไอศกรีมโคนมีรสอะไรบ้าง?

ice cream koon mee rõd a rai bàang

冰淇淋促銷買一送一。

โอศกรีม มีโปรโมชั่น ซื้อ 1 แถม 1

ice cream mee promotion sẽu 1 táem 1

自助餐

必學單字

自助餐	老闆（女）	老闆（男）
ร้านขายข้าวแกง	แม่ค้า	พ่อค้า
rāan kháai khàaw gaeng	màe kãa	pòr kãa
菜餚	袋子	盤子
กับข้าว	ถุง	จาน
gǎb khàaw	túng	jaan

常用句子

老闆，這個怎麼賣？

แม่ค้า อันนี้ขายยังไง?

màe kãa an nẽe kháai yang ngai

白飯配一道菜 50 泰銖。

ข้าวราดแกง 1 อย่าง 50 บาท

khàaw ràad gaeng 1 yǎang 50 bǎad

白飯配兩道菜 70 泰銖。

ข้าวราดแกง 2 อย่าง 70 บาท

khàaw ràad gaeng 2 yǎang 70 bǎad

白飯配三道菜 90 泰銖。

ข้าวราดแกง 3 อย่าง 90 บาท

khàaw ràad gaeng 3 yǎang 90 bǎad

可以加飯嗎？

เพิ่มข้าวได้หรือเปล่า?

pèm khàaw dài réu plǎo

加飯要加 20 泰銖。

เพิ่มข้าวคิด 20 บาท

pèm khàaw kĭd 20 bǎad

菜餚 1 盤 80 泰銖。

กับข้าว จานละ 80 บาท

gǎb khàaw jaan lã 80 bǎad

湯類一袋 80 泰銖。

แกงถุงละ 80 บาท

gaeng túng lã 80 bǎad

白開水免費。

น้ำเปล่าฟรี

nãm plǎo free

瓶裝水一瓶 30 泰銖。

น้ำดื่มขวดละ 30 บาท

nãm děum khǔad lã 30 bǎad

第5章

觀光旅遊

實用句子

幾點開？

เปิดกี่โมง?

pěd gěe moong

幾點關？

ปิดกี่โมง?

pǐd gěe moong

每天開嗎？

เปิดทุกวันไหม?

pěd tūg wan mái

有入場費嗎？

มีค่าเข้าไหม?

mee kàa khào mái

要穿著正式嗎？

ต้องแต่งกายสุภาพไหม?

dòrng dǎeng gaai sǔ pàab mái

免費參觀。

เข้าชมฟรี

khào chom free

可以拍照嗎？

ถ่ายรูปได้ไหม?

tǎai rùub dài mái

可以開閃光燈嗎？

เปิดแฟลชได้ไหม?

pěd flash dài mái

有學生票嗎？

มีราคานักศึกษาไหม?

mee raa kaa nãg sěug sáa mái

穿短褲不能進入。

สวมกางเกงขาสั้นเข้าไม่ได้
súam gaang geng kháa sàn khào mài dài

穿無袖、背心不能進入。

ใส่เสื้อแขนกุด, เสื้อกล้าม เข้าไม่ได้
săi sèua kháen gǔd sèua glàam khào mài dài

有提供披肩可租用，一次 100 泰銖。

มีบริการผ้าคลุมไหล่ให้เช่าในราคา 100 บาท
mee bor rī gaan pàa klum lăi hài chào nai raa kaa 100 băad

有免費褲子／裙子可借用。

มีกางเกง ／ กระโปรงให้ยืมใส่ฟรี
mee gaang geng   gra proong hài yeum săi free

有敬老優待票嗎？

มีราคาพิเศษสำหรับผู้สูงอายุไหม?
mee raa kaa pī sěd sám răb pùu súung aa yū mái

有殘障人士優待票嗎？

มีราคาพิเศษสำหรับผู้พิการไหม?
mee raa kaa pī sěd sám răb pùu pī gaan mái

請脫鞋子。

กรุณาถอดรองเท้า

ga rŭ naa tŏrd rorng tāo

穿包鞋才能入內參觀。

ต้องสวมรองเท้าหุ้มส้นเข้าชม

dòrng súam rorng tāo hùm sòn khào chom

請脫掉帽子。

กรุณาถอดหมวก

ga rŭ naa tŏrd mŭag

坐著休息。

นั่งพักผ่อน

nàng pãg pŏrn

可以幫忙拍照嗎？

ช่วยถ่ายรูปให้หน่อยได้ไหม?

chùay tăai rùub hài nŏi dài mái

泰國風俗禮儀

◆佛寺禮節

　　泰國是佛教國家，對佛教非常地尊敬，尤其是佛像。進入有供奉佛像的寺廟，衣著要合宜，無袖、短上衣、高於膝蓋以上的短裙及短褲等都不合規定，有些寺廟會要求遊客換上沙龍布裙或長褲才可以入廟。

◆女性不可以觸碰和尚

女性不可以與和尚有直接的肢體碰觸。如果要拿供品或食物給和尚，要先交給其他在場的男性轉遞給和尚，或是將物品放在和尚拉起的衣角上。女性也不能坐在和尚旁邊。泰國大眾運輸系統，有標示和尚及老弱婦孺優先坐位。

◆重視頭與腳的禮貌

對泰國人來説，頭和腳是人體最高和最低的部位，尤其是頭部。頭是人體最神聖之處，絕不可隨便碰觸他人頭部，即使是小孩也不行。而腳的部分，不要以腳指向他人或觸碰他人及物品，因為這是不禮貌的行為。因此坐在他人對面的時候，記得將腳收好。

場所

常用句型

❶ 請帶我去_____一下。

ช่วยพาผมไป_____หน่อย

chùay paa póm pai　　　　nǒi

❷ 我要去_____。

ผมต้องการจะไป_____

póm dòrng gaan ja pai

❸ 今天_____開嗎？

วันนี้ _____เปิดไหม?

wan nẽe   pěd mái

---

❹ _____開幾點到幾點？

_____เปิดกี่โมงถึงกี่โมง?

pěd gěe moong téung gěe moong

---

❺ _____參觀費多少錢？

ค่าเข้าชม_____เท่าไร?

kàa khào chom   tào rai

---

❻ 參觀_____要穿著正式。

เข้าชม_____ต้องแต่งกายสุภาพ

khào chom   dòrng dǎeng gaai sǔ pàab

必學單字

寺／廟	宮廟／土地公／神社	博物館
วัด	ศาลเจ้า	พิพิธภัณฑ์
wǎd	sáan jào	pī pīd tā pan

果園 **สวนผลไม้** súan pól lã maī	大樓 **ตึก** děug	花園 **สวนดอกไม้** súan dǒrg maī

公園 **สวนสาธารณะ** súan sáa taa rã nã	百貨公司 **ห้างสรรพสินค้า** hàang sǎb pã sín kãa

建築物 **อาคาร** aa kaan	傳統菜市場 **ตลาดสด** da lǎad sǒd	市場 **ตลาด** da lǎad

周末市場 **ตลาดสุดสัปดาห์** da lǎad sǔd sǎb daa	夜市 **ตลาดกลางคืน** da lǎad glaang keun

水上市場 **ตลาดน้ำ** da lǎad nãm	書店 **ร้านหนังสือ** rãan náng séu	皇宮 **วัง** wang

圖書館 **ห้องสมุด** hòrng sǎ mǔd	劇院 **โรงละคร** roong lã korn	體育館 **สนามกีฬา** sa náaw gee laa

動物園 สวนสัตว์ súan sǎd	餐廳 ร้านอาหาร rãan aa háan	湖 ทะเลสาบ tã le sǎab

河 แม่น้ำ màe nãm	山 ภูเขา puu kháo	海 ทะเล tã le	橋 สะพาน sǎ paan

紀念品店 ร้านขายของที่ระลึก rãan kháai khórng tèe rã lèug	伴手禮店 ร้านขายของฝาก rãan kháai khórng fǎag

旅客服務中心 ศูนย์บริการนักท่องเที่ยว súun bor rĩ gaan nãg tòrng tìaw

必學詞彙

成人 ผู้ใหญ่ pùu yǎi	小孩／小朋友 เด็ก děg	學生 นักเรียน nãg rian	大學生／研究生 นักศึกษา nãg sěug sáa

年長者 ผู้สูงอายุ pùu súung aa yǔ	殘障人士 ผู้พิการ pùu pī gaan	入口 ทางเข้า taang khào
出口 ทางออก taang ǒrg	參觀費 ค่าเข้าชม kàa khào chom	手續費 ค่าธรรมเนียม kàa tam niam
禁止進入 ห้ามเข้า hàam khào	禁止拍照 ห้ามถ่ายรูป hàam tǎai rùub	禁止觸摸／抓 ห้ามจับ hàam jǎb
禁止觸碰 ห้ามแตะ hàam dae	禁止用閃光燈 ห้ามใช้แฟลช hàam chāi flash	吸菸 ดูดบุหรี่ dǔud bu rěe
禁止抽菸 ห้ามสูบบุหรี่ hàam sǔub bu rěe		無菸區 เขตปลอดบุหรี่ khěd plǒrd bu rěe

問路

常用句子

我迷路了。

ผมหลงทาง

póm lóng taang

請問一下路。

ขอถามทางหน่อย

khór táam taang nŏi

這裡是哪裡？

ที่นี่ที่ไหน?

tèe nèe tèe nái

要怎麼去臥佛寺？

จะไปวัดโพธิ์ได้ยังไง?

ja pai wād poo dài yang ngai

這附近有捷運經過嗎？

แถวนี้มีรถไฟฟ้าผ่านไหม?

táew nēe mee rōd fai fāa pǎan mái

百貨公司在哪裡？

ห้างสรรพสินค้าอยู่ตรงไหน?

hàang săb pā sín kāa yǔu drong nái

還要走很遠嗎？

ต้องเดินไปอีกไกลไหม?

dòrng den pai ěeg glai mái

請告訴我怎麼走。

ช่วยบอกทางหน่อย

chùay bǒrg taang nǒi

必學單字

紅綠燈	紅燈	綠燈
ไฟจราจร	ไฟแดง	ไฟเขียว
fai ja raa jorn	fai daeng	fai khíaw
斑馬線	天橋	人行道
ทางม้าลาย	สะพานลอย	ทางเดินเท้า
taang māa laai	sǎ paan loi	taang den tāo
左轉	右轉	迴轉
เลี้ยวซ้าย	เลี้ยวขวา	เลี้ยวกลับ
lǐaw sāai	lǐaw khwáa	lǐaw glǎb

巷子	馬路	十字路口	三叉路口
ซอย	ถนน	สี่แยก	สามแยก
soi	ta nón	sěe yàeg	sáam yàeg

違反	有罪	罰款	罰金
ฝ่าฝืน	มีโทษ	ปรับเงิน	ค่าปรับ
făa féun	mee tòod	prăb ngen	kàa prăb

方向

北	南	東北
เหนือ	ใต้	ตะวันออกเฉียงเหนือ
néua	dài	da wan ŏrg chíang néua
東	西	東南
ตะวันออก	ตะวันตก	ตะวันออกเฉียงใต้
da wan ŏrg	da wan dŏg	da wan ŏrg chíang dài
底下／南	上	西北
ใต้	บน	ตะวันตกเฉียงเหนือ
dài	bon	da wan dŏg chíang néua
下	旁	西南
ล่าง	ข้าง	ตะวันตกเฉียงใต้
làang	khàang	da wan dŏg chíang dài

邊	左	右	前
ริม	ซ้าย	ขวา	หน้า
rim	sãai	kwáa	nàa

後	斜對面
หลัง	เยื้องๆ
láng	yēuang yēuang

常用句子

直直走就到了。

เดินตรงไปก็ถึงเลย

den drong pai gòr téung lei

前面十字路口左轉。

เลี้ยวซ้ายที่สี่แยกข้างหน้า

līaw sãai tèe sĕe yàeg khàang nàa

沿著這條路開車大約 5 分鐘。

ขับตามทางนี้ไปประมาณ 5 นาที

khăb daam taang nēe pai pra maan 5 naa tee

你會看到花園就在你右手邊。

จะเห็นสวนดอกไม้อยู่ขวามือ

ja hén súan dǒrg māi yǔu kwáa meu

廟在博物館旁邊。

วัดอยู่ข้างๆ พิพิธภัณฑ์

wād yǔu khàang khàang pĭ pĭd tā pan

這家店在 Sukhumvit 路上。

ร้านนี้อยู่ริมถนนสุขุมวิท

rãan nēe yǔu rim ta nón sukhumvit

博物館在水上市場斜對面。

พิพิธภัณฑ์อยู่เยื้องๆ ตลาดน้ำ

pĭ pĭd tā pan yǔu yēuang yēuang da lǎad nǎm

走天橋比較好。

เดินข้ามสะพานลอยดีกว่า

den khàam sǎ paan loi dee gwǎa

最近的遊客中心在哪裡？

ศูนย์บริการนักท่องเที่ยวที่ใกล้ที่สุดอยู่ที่ไหน?

súun bor rĭ gaan nãg tòrng tìaw tèe glài tèe sǔd yǔu tèe nái

在店家前面拍團體照留念。

ถ่ายรูปหมู่หน้าร้านเป็นที่ระลึก

tăai rùub mǔu nàa rãan pen tèe rã lẽug

一日遊行程

常用句子

在哪裡可以買一日遊行程？

จะซื้อ one day tour ได้ที่ไหน?

ja sẽu one day tour dài tèe nái

該買哪個行程好呢？

ควรจะซื้อแพคเกจไหนดี?

kuan ja sẽu package nái dee

請推薦一下。

ช่วยแนะนำหน่อย

chùay nãe nam nǒi

幾點出發？

ออกเดินทางกี่โมง?

ŏrg den taang gěe moong

大城遊河一個人多少錢？

ล่องเรืออยุธยาคนละเท่าไร?

lòrng reua a yũd tã yaa kon lã tào rai

集合點在哪裡？

จุดนัดเจออยู่ที่ไหน?

jǔd nãd jer yǔu tèe nái

哪裡集合？

นัดเจอกันที่ไหน?

nãd jer gan tèe nái

這個價錢含門票嗎？

ราคานี้รวมค่าเข้าชมไหม?

raa kaa nẽe ruam kàa khào chom mái

這個價錢含餐費嗎？

ราคานี้รวมค่าอาหารไหม?

raa kaa nẽe ruam kàa aa háan mái

這個價錢含哪些項目？

ราคานี้รวมอะไรบ้าง?

raa kaa nẽe ruam a rai bàang

有保險嗎？

มีประกันภัยไหม?

mee pra gan pai mái

這個價錢含午餐、門票、保險費及導遊小費了。

ราคานี้รวมค่าอาหารกลางวัน ค่าเข้าชม ค่าประกันภัย และค่าทิปไกด์แล้ว

raa kaa nẽe ruam kàa aa háan glaang wan kàa khào chom kàa pra gan pai lãe kàa tip guide lãew

促銷價。

ราคาโปรโมชั่น

raa kaa promotion

最優惠的價格。

ราคาลดพิเศษสุด

raa kaa lõd pĩ sěd sǔd

遊客中心

常用句子

遊客中心在哪裡？

ศูนย์บริการนักท่องเที่ยวอยู่ที่ไหน?

súun bor rĭ gaan nãg tòrng tìaw yŭu tèe nái

有地圖嗎？

มีแผนที่ไหม?

mee páen tèe mái

有中文版嗎？

มีฉบับภาษาจีนไหม?

mee cha băb paa sáa jeen mái

有旅遊手冊嗎？

มีเอกสารแนะนำท่องเที่ยวไหม?

mee ěg ga sáan nãe nam tòrng tìaw mái

有旅遊簡介嗎？

มีแผ่นพับแนะนำท่องเที่ยวไหม?

mee păen pãb nãe nam tòrng tìaw mái

有英文版嗎？

มีฉบับภาษาอังกฤษไหม?

mee cha băb paa sáa ang grĭd mái

請推薦一些旅遊景點。

ช่วยแนะนำสถานที่ท่องเที่ยวหน่อย

chùay nãe nam sǎ táan tèe tòrng tìaw nǒi

我應該去哪裡玩？

ผมควรไปเที่ยวที่ไหน?

póm kuan pai tìaw tèe nái

我應該吃什麼？

ฉันควรกินอะไร?

chán kuan gin a rai

我應該買什麼當伴手禮？

ฉันควรซื้ออะไรเป็นของฝาก?

chán kuan sẽu a rai pen khórng fǎag

購票

常用句子

哪裡購票？

ซื้อตั๋วที่ไหน?

sẽu dúa tèe nái

總共多少錢？

ทั้งหมดเท่าไร?

tãng mŏd tào rai

買成人票 2 張、兒童票 2 張

ซื้อตั๋วของผู้ใหญ่ 2 ใบและตั๋วเด็ก 2 ใบ

sẽu dúa khórng pùu yǎi 2 bai lãe dúa děg 2 bai

哪裡排隊？

เข้าแถวตรงไหน?

khào táew drong nái

小朋友免費入場嗎？

เด็กเข้าฟรีไหม?

děg khào free mái

6 歲以下免費入場。

อายุต่ำกว่า 6 ขวบ เข้าฟรี

aa yū dǎm gwǎa 6 khǔab khào free

可以選座位嗎？

เลือกที่นั่งได้ไหม?

lèuag tèe nàng dài mái

我要中文版。

ขอฉบับภาษาจีนนะ

khór cha bǎb paa sáa jeen nã

隨意選座位。

เลือกที่นั่งตามอัธยาศัย

lèuag tèe nàng daam ad tã yaa sái

請給我 2 份參觀路線地圖。

ขอแผนที่เดินชม 2 ฉบับ

khór páen tèe den chom 2 cha bǎb

洗手間

常用句子

男廁

ห้องน้ำชาย

hòrng nãm chaai

女廁

ห้องน้ำหญิง

hòrng nãm yíng

洗手間

ห้องน้ำ ／ สุขา

hòrng nãm　　sǔ kháa

洗手間在哪裡？

ห้องน้ำอยู่ที่ไหน?

hòrng nãm yǔu tèe nái

可以借用洗手間嗎？

ขอใช้ห้องน้ำได้ไหม?

khór chãi hòrng nãm dài mái

洗手間在哪邊？

ห้องน้ำอยู่ทางไหน?

hòrng nãm yǔu taang nái

我去洗手間一下。

ขอตัวไปห้องน้ำสักครู่

khór dua pai hòrng nãm sǎg krùu

哪裡可以洗手？

ล้างมือได้ที่ไหน?

lãang meu dài tèe nái

拍照

常用句子

可以幫忙拍照嗎？

ช่วยถ่ายรูปให้หน่อยได้ไหม?

chùay tăai rùub hài nŏi dài mái

我喜歡拍照。

ผมชอบถ่ายรูป

póm chòrb tăai rùub

直式照片。

รูปแนวตั้ง

rùub naew dàng

一起拍團體照。

ถ่ายรูปหมู่กันนะ

tăai rùub mŭu gan nã

橫式照片。

รูปแนวนอน

rùub naew norn

我拍一張單獨照。

ขอรูปเดี่ยว 1 รูป

khór rùub dĭaw 1 rùub

直拍。

ถ่ายแนวตั้ง

tăai naew dàng

喜歡拍風景照。

ชอบถ่ายรูปวิว

chòrb tăai rùub view

橫拍。

ถ่ายแนวนอน

tăai naew norn

一起拍照喔！

ถ่ายรูปด้วยกันนะ

tǎai rùub dùay gan nã

不要拍腳喔！

ไม่เห็นขานะ

mài hén kháa nã

拍半身。

ถ่ายครึ่งตัว

tǎai krèung dua

常用句型

要拍到＿＿＿＿喔！

要拍到＿＿＿＿喔！

ช่วยถ่ายให้เห็น＿＿＿＿ด้วยนะ

chùay tǎai hài hén ＿＿＿＿ dùay nã

建築 อาคาร aa kaan	大樓 ตึก děug	廟 วัด wād
名牌 ป้ายชื่อ pàai chèu	樹 ต้นไม้ dòn mãi	山 ภูเขา puu kháo

觀光活動

必學單字

玩水 เล่นน้ำ lèn nãm	水上摩托車 เจ็ตสกี jet ski	出海玩 เที่ยวทะเล tìaw tã le	泛舟 ล่องแก่ง lòrng gǎeng
獨木舟 แคนู canoe	橡皮艇 เรือยาง reua yaang	大象學校 ปางช้าง paang chãang	騎大象 นั่งช้าง nàng chãang

幫大象洗澡 อาบน้ำช้าง ǎab nãm chãang	餵食大象 ให้อาหารช้าง hài aa háan chãang	竹筏漂流 ล่องแพ lòrng pae
騎腳踏車 ปั่นจักรยาน pǎn jǎg gra yaan	開四輪摩托車 ขับรถ ATV khǎb rõd atv	登山 ปีนเขา peen kháo
爬山 เดินเขา den kháo	觀雲海 ชมทะเลหมอก chom tã le mǒrg	攀岩 ปีนหน้าผา peen nàa páa

進廟拜拜	活動	觀煙火
เข้าวัดไหว้พระ khào wãd wài prã	กิจกรรม gǐd ja gam	ชมดอกไม้ไฟ chom dǒrg mãi fai

搭船游昭披耶河。
ล่องเรือแม่น้ำเจ้าพระยา lòrng reua màe nãm jào prã yaa

節慶

必學單字

節慶	潑水節	潑水	玩水
เทศกาล tèd sǎ gaan	สงกรานต์ sóng graan	สาดน้ำ sǎad nãm	เล่นน้ำ lèn nãm
塗粉	漂浮／放（水燈）	水燈	天燈
ประแป้ง pra pàeng	ลอย loi	กระทง gra tong	โคมลอย koom loi

水燈節	慶祝	捐款
ลอยกระทง loi gra tong	เฉลิมฉลอง cha lérm cha lórng	บริจาคเงิน bor rĩ jǎag ngen

新年 ปีใหม่ pee mǎi	拜佛 ไหว้พระ wài prã	做功德 ทำบุญ tam bun	捐贈 บริจาค bor rĩ jǎag

捐衣服 บริจาคเสื้อผ้า bor rĩ jǎag sèua pàa	捐東西 บริจาคสิ่งของ bor rĩ jǎag sǐng khórng	佈施和尚 สังฆทาน sáng kã taan

常用句子

今年潑水節去哪裡玩水好呢？

ปีนี้จะไปเล่นน้ำสงกรานต์ที่ไหนดี?

pee nẽe ja pai lèn nãm sóng graan tèe nái dee

哪裡可以放水燈？

ลอยกระทงได้ที่ไหนบ้าง?

loi gra tong dài tèe nái bàang

水燈節很浪漫。

เทศกาลลอยกระทงโรแมนติกมาก

tèd sǎ gaan loi gra tong romantic màag

想去芭達雅參加潑水節。

อยากไปเล่นน้ำสงกรานต์ที่พัทยา

yǎag pai lèn nãm sóng graan tèe pãd tã yaa

新年要去哪裡慶祝？

ปีใหม่นี้จะไปฉลองที่ไหนกัน?

pee măi nẽe ja pai cha lórng tèe nái gan

新年要去廟裡拜拜捐贈物品。

ปีใหม่จะเข้าวัดทำบุญและบริจาคสังฆทาน

pee măi ja khào wād tam bun lãe bor rĩ jăag sáng kã taan

天燈節是清邁著名節慶之一。

เทศกาลยี่เป็งเป็นอีกหนึ่งเทศกาลที่ได้รับความนิยมมากในเชียงใหม่

tèd să gaan yèe peng pen ĕeg nĕung tèd să gaan tèe dài rãb kwaam nĩ yom màag nai chiang măi

---

按摩

必學單字

按摩	輕	重	按摩店
นวด	เบา	หนัก	ร้านนวด
nùad	bao	năg	rãan nùad

Spa 店	身體按摩	臉部按摩	腳部按摩
ร้านสปา	นวดตัว	นวดหน้า	นวดเท้า
rãan spa	nùad dua	nùad nàa	nùad tão

泰式按摩	精油按摩	指壓按摩
นวดแผนไทย	นวดน้ำมัน	นวดกดจุด
nùad páen thai	nùad nãm man	nùad gǒd jǔd

草藥按摩	花草茶
นวดประคบสมุนไพร	น้ำชาสมุนไพร
nùad pra kõb sa mún prai	nãm chaa sa mún prai

側躺（左／右）		俯臥
นอนตะแคง （ซ้าย/ขวา）		นอนคว่ำ
norn da kaeng　　sãai　　kwáa		norn kwàm

仰臥	浴袍／外衣	浴巾	翻身
นอนหงาย	เสื้อคลุม	ผ้าเช็ดตัว	พลิกตัว
norn ngáai	sèua klum	pàa chěd dua	plĩg dua

常用句子

請在這裡脱鞋子。

กรุณาถอดรองเท้าตรงนี้

ga rũ naa tŏrd rorng tão drong nẽe

泰式按摩一小時多少錢？

นวดแผนไทย 1 ชั่วโมงเท่าไร?

nùad páen thai 1 chùa moong tào rai

精油按摩兩小時 1,500 泰銖。

นวดน้ำมัน 2 ชั่วโมง 1,500 บาท

nùad nãm man 2 chùa moong 1,500 băad

請換衣服。

กรุณาเปลี่ยนเสื้อผ้า

ga rũ naa plĭan sèua pàa

要先洗澡嗎？

อาบน้ำก่อนไหม?

ăab nãm gŏrn mái

我喜歡按重一點。

ผมชอบนวดหนักๆ

póm chòrb nùad năg năg

背部及腰部很痠痛。

ปวดหลังและเอวมาก

pŭad láng lãe ew màag

需要強調哪部位嗎？

ต้องการเน้นตรงไหนเป็นพิเศษไหม?
dòrng gaan nẽn drong nái pen pĭ sĕd mái

你按得很好。

คุณนวดดีมาก
kun nùad dee màag

舒服了。

สบายตัวแล้ว
să baai dua lãew

不痠痛了。

หายปวดเมื่อยแล้ว
háai pŭad mèua lãew

第 **6** 章

購物

實用單字

買 ซื้อ sẽu	賣 ขาย kháai	商店 ร้านค้า rãan kãa	老闆 เถ้าแก่ tào gǎe

老闆（男） พ่อค้า pòr kãa	老闆（女） แม่ค้า màe kãa	市場 ตลาด da lǎad
服飾店 ร้านเสื้อผ้า rãan sèua pàa	皮包店 ร้านกระเป๋า rãan gra báo	鞋店 ร้านรองเท้า rãan rorng tão
書店 ร้านหนังสือ rãan náng séu	水果店 ร้านผลไม้ rãan pól lã mãi	禮品店 ร้านกิ๊ฟช็อป rãan gift shop

文具店 ร้านเครื่องเขียน rãan krèuang khían	百貨公司 ห้างสรรพสินค้า hàang sǎb pã sín kãa

便利商店 **ร้านสะดวกซื้อ** rãan să dǔag sẽu	點心店 **ร้านขนม** rãan kha nóm	蛋糕店 **ร้านเค้ก** rãan cake

紀念品店 **ร้านขายของที่ระลึก** rãan kháai khórng tèe rã lẽug	伴手禮店 **ร้านขายของฝาก** rãan kháai khórng fǎag

美髮店 **ร้านทำผม** rãan tam póm	乾洗店 **ร้านซักแห้ง** rãan sãg hàeng	眼鏡店 **ร้านแว่นตา** rãan wàen daa

裝飾品店 **ร้านเครื่องประดับ** rãan krèuang pra dǎb	電器用品店 **ร้านเครื่องใช้ไฟฟ้า** rãan krèuang chãi fai fãa

寵物店 **ร้านขายสัตว์เลี้ยง** rãan kháai sǎd lĩang	玩具店 **ร้านขายของเล่น** rãan kháai khórng lèn

麵包店 **ร้านขนมปัง** rãan kha nóm pang	咖啡店 **ร้านกาแฟ** rãan gaa fae	藥局 **ร้านยา** rãan yaa

美容店 ร้านเสริมสวย rãan sérm súay	美妝店 ร้านเครื่องสำอาง rãan krèuang sám aang

常用句子

請隨意看。

เชิญดูตามสบาย

chen duu daam să baai

請不要觸摸。

กรุณาอย่าจับ

ga rŭ naa yăa jăb

可以試穿嗎？

ลองได้ไหม?

lorng dài mái

可以看那件衣服嗎？

ขอดูเสื้อตัวนั้นหน่อย?

khór duu sèua dua nãn nŏi

有哪些顏色？

มีสีอะไรบ้าง?

mee sée a rai bàang

有幾種尺寸？

มีกี่ไซส์?

mee gĕe size

怎麼賣？

ขายยังไง?

kháai yang ngai

可以換嗎？

เปลี่ยนได้ไหม?

plĭan dài mái

有大尺寸嗎？

มีไซส์ใหญ่หน่อยไหม?

mee size yǎi nǒi mái

可以算便宜點嗎？

ลดหน่อยได้หรือเปล่า?

lõd nǒi dài réu plǎo

現在有促銷活動買一送一。

ตอนนี้มีโปรโมชั่น ซื้อ 1 แถม 1

dorn nẽe mee promotion sẽu 1 táem 1

現在有什麼促銷活動？

ตอนนี้มีโปรโมชั่นอะไร?

dorn nẽe mee promotion a rai

可以用信用卡付款嗎？

จ่ายบัตรเครดิตได้ไหม?

jǎai bǎd credit dài mái

要買超過 3,000 泰銖。

ต้องซื้อเกิน 3,000 บาท

dòrng sẽu gen 3,000 bǎad

只接受現金。

รับเฉพาะเงินสดเท่านั้น

rãb cha põr ngen sǒd tào nãn

百貨公司

必學單字

客服部 แผนกบริการลูกค้า pa năeg bor rĩ gaan lùug kãa	玩具部 แผนกของเล่น pa năeg khórng lèn

男裝 เสื้อผ้าชาย sèua pàa chaai	女裝 เสื้อผ้าหญิง sèua pàa yíng	童裝 เสื้อผ้าเด็ก sèua pàa děg
廚具 เครื่องครัว krèuang krua	寢具 เครื่องนอน krèuang norn	化妝品 เครื่องสำอาง krèuang sám aang

電器用品 เครื่องใช้ไฟฟ้า krèuang chãi fai fãa	樂器用品 อุปกรณ์ดนตรี ŭb pa gorn don dree

運動用品 อุปกรณ์กีฬา ŭb pa gorn gee laa	內衣 ชุดชั้นใน chũd chãn nai	家具 เฟอร์นิเจอร์ furniture

美食街		電影院
ฟู้ดคอร์ท ／ ศูนย์อาหาร		โรงหนัง
food court　　　　súun aa háan		roong náng

收銀員
แคชเชียร ／ เจ้าหน้าที่การเงิน
cashier　　　　jào nàa tèe gaan ngen

家居裝飾品	電扶梯
อุปกรณ์ตกแต่งบ้าน	บันไดเลื่อน
ŭb pa gorn dŏg dăeng bàan	ban dai lèuan

樓層	部門	電梯
ชั้น	แผนก	ลิฟท์
chãn	pa năeg	lift

逃生梯	梯子／樓梯	地下樓層
บันไดหนีไฟ	บันได	ชั้นใต้ดิน
ban dai née fai	ban dai	chãn dài din

常用句型

請問一下＿＿＿在幾樓？
請問一下＿＿＿＿＿在幾樓？ ขอถามหน่อย ＿＿＿＿ อยู่ชั้นไหน? khór táam nŏi ＿＿＿＿ yǔu chãn nái

玩具 ของเล่น khórng lèn	皮包 กระเป๋า gra páo	男裝 เสื้อผ้าชาย sèua pàa chaai
化妝品 เครื่องสำอาง krèuang sám aang	美食街／美食中心 ศูนย์อาหาร súun aa háan	

常用句子

電梯在哪裡？

ลิฟท์อยู่ตรงไหน?

lift yǔu drong nái

洗手間在 2 樓。

ห้องน้ำอยู่ชั้น 2

hòrng nãm yǔu chãn 2

最近有促銷嗎？

ช่วงนี้มีจัดโปรโมชั่นไหม?

chùang nẽe mee jǎd promotion mái

停車位在哪層樓？

ที่จอดรถอยู่ชั้นไหน?

tèe jŏrd rõd yǔu chãn nái

有運送服務嗎？

มีบริการส่งของไหม?

mee bor rĩ gaan sǒng khórng mái

寄放東西的櫃台在哪裡？

เคาน์เตอร์ฝากของอยู่ที่ไหน?

counter făag khórng yǔu tèe nái

美食街營業時間 10.00 ～ 22.00。

ศูนย์อาหารเปิดตั้งแต่ 10.00-22.00 น.

súun aa háan pěd dàng dăe sĭb moong chão téung sěe tùm

有需要幫忙嗎？

มีอะไรให้ช่วยไหม?

mee a rai hài chùay mái

我要買運動用品。

ผมต้องการซื้ออุปกรณ์กีฬา

póm dòrng gaan sẽu ŭb pa gorn gee laa

你會說中文嗎？

คุณพูดภาษาจีนได้ไหม?

kun pùud paa sáa jeen dài mái

有包裝禮物的服務嗎？

มีบริการห่อของขวัญไหม?

mee bor rī gaan hŏr khórng kwán mái

有，買滿 500 泰銖免費提供包裝服務。

มีครับ ซื้อครบ 500 บาท บริการห่อฟรี

mee krāb sēu krõb 500 băad bor rī gaan hŏr free

買滿 3,000 泰銖送價值 300 泰銖的禮券。

ซื้อครบ 3,000 บาท รับฟรีคูปองเงินสด มูลค่า 300 บาท

sēu krõb 3,000 băad rãb free coupon ngen sŏd muun lā kàa 300 băad

---

服裝

必學單字

衣服 เสื้อ sèua	褲子 กางกาง gaang geng	裙子 กระโปรง gra proong

襯衫 **เสื้อเชิ้ต** sèua shirt	T恤 **เสื้อยืด** sèua yèud	牛仔褲 **กางเกงยีนส์** gaang geng yeen
西裝 **เสื้อสูท** sèua suit	防寒衣 **เสื้อกันหนาว** sèua gan náaw	雨衣 **เสื้อกันฝน** sèua gan fón
短褲 **กางเกงขาสั้น** gaang geng kháa sàn	長褲 **กางเกงขายาว** gaang geng kháa yaaw	短裙 **กระโปรงสั้น** gra proong sàn
長裙 **กระโปรงยาว** gra proong yaaw	背心（內穿） **เสื้อกล้าม** sèua glàam	無袖衣 **เสื้อแขนกุด** sèua kháen gǔd
背心（外穿） **เสื้อกั๊ก** sèua gãg	泳衣 **ชุดว่ายน้ำ** chǔd wàai nãm	泳鏡 **แว่นตาว่ายน้ำ** wàen daa wàai nãm
泳帽 **หมวกว่ายน้ำ** mǔag wàai nãm	比基尼 **บิกินี่** bikini	尺寸 **ขนาด／ไซส์** kha nǎad　　　size

大	小	剛好
ใหญ่ yǎi	เล็ก lẽg	พอดี por dee

常用句子

我應該穿什麼尺寸？

ฉันควรใส่ไซส์ไหน?

chán kuan sǎi size nái

試衣間在哪裡？

ห้องลองอยู่ที่ไหน?

hòrng lorng yǔu tèe nái

可以試穿嗎？

ขอลองได้หรือเปล่า?

khór lorng dài réu plǎo

褲管太長了。

ขากางเกงยาวไป

kháa gaang geng yaaw pai

有修剪褲管的服務嗎？

มีบริการตัดขากางเกงไหม?

mee bor rĩ gaan dǎd kháa gaang geng mái

現在夏季服裝正在促銷 2 至 8 折。

ตอนนี้เสื้อผ้าหน้าร้อนกำลังลดราคา 20-80%

dorn nẽe sèua pàa nàa rõrn gam lang lõd raa kaa 20-80 percent

有小一點的嗎？

มีเล็กกว่านี้หน่อยไหม?

mee lẽg gwǎa nẽe nǒi mái

鞋子

必學單字

拖鞋 รองเท้าแตะ rorng tão dae		皮鞋 รองเท้าหนัง rorng tão náng
高跟鞋 รองเท้าส้นสูง rorng tão sòn súung		布鞋 รองเท้าผ้าใบ rorng tão pàa bai
學生鞋 รองเท้านักเรียน rorng tão nãg rian		長靴 รองเท้าบูท rorng tão boot
鞋子 รองเท้า rorng tão	緊 คับ kãb	寬鬆 หลวม lúam

常用句子

平時穿幾號鞋？

ปกติใส่รองเท้าเบอร์อะไร?

pa ga di săi rorng tão ber a rai

平時穿 5 號鞋。

ปกติใส่รองเท้าเบอร์ 5

pa ga di săi rorng tão ber 5

平時穿 24 號鞋。

ปกติใส่รองเท้าเบอร์ 24

pa ga di săi rorng tão ber 24

這雙鞋用什麼皮做？

รองเท้าคู่นี้ทำจากหนังอะไร?

rorng tão kùu nẽe tam jăag náng a rai

這雙鞋穿起來很舒服，真牛皮製的。

รองเท้าคู่นี้ใส่สบาย ทำจากหนังวัวแท้

rorng tão kùu nẽe săi să baai tam jăag náng wua tãe

有羊皮鞋嗎？

มีรองเท้าหนังแกะไหม?

mee rorng tão náng gae mái

我喜歡穿白布鞋

ฉันชอบใส่รองเท้าผ้าใบสีขาว
chán chòrb săi rorng tāo pàa bai sée kháaw

有鏡子嗎？

มีกระจกไหม?
mee gra jŏg mái

太緊了。

คับไป
kāb pai

穿起來剛好。

ใส่กำลังพอดี
săi gam lang por dee

太鬆了。

หลวมไป
lúam pai

包包

必學單字

皮包	背包	手提包
กระเป๋า	กระเป๋าเป้	กระเป๋าถือ
gra báo	gra báo bè	gra páo téu

學生包 กระเป๋านักเรียน gra báo nãg rian	後背包 กระเป๋าสะพายหลัง gra páo sǎ paai láng
斜背包 กระเป๋าสะพายข้าง gra páo sǎ paai khàang	腰包 กระเป๋าคาดเอว gra báo kàad ew
胸前斜背包 กระเป๋าคาดอก gra báo kàad ǒg	錢包／零錢包 กระเป๋าสตางค์ gra báo sǎ daang
皮包 กระเป๋าหนัง gra báo náng	布包 กระเป๋าผ้า gra báo pàa

錢包 กระเป๋าเงิน gra báo ngen	輕 เบา bao	布袋 ถุงผ้า túng pàa

行李箱 กระเป๋าเดินทาง gra báo den taang	重 หนัก nǎg

常用句子

喜歡哪一款包？

ชอบกระเป๋าแบบไหน?

chòrb gra báo bǎeb nái

這個電腦包很好可以防撞。

กระเป๋าคอมพิวเตอร์นี้กันกระแทกได้ดี

gra báo computer nẽe gan gra tàeg dài dee

我要看小行李箱方便攜帶。

ขอดูกระเป๋าเดินทางใบเล็ก พกพาสะดวก

khór duu gra báo den taang bai lẽg põg paa sǎ dǔag

這個背包有很多收納空間，可以放很多東西。

กระเป๋าเป้ใบนี้มีหลายช่อง เก็บของได้เยอะ

gra báo bè bai nẽe mee láai chòrng gĕb khórng dài yẽr

現在胸前背包很流行。

ตอนนี้ฮิตกระเป๋าคาดอก

dorn nẽe hit gra báo kàad ǒg

我想要咖啡色長皮夾。

อยากได้กระเป๋าสตางค์ใบยาวสีน้ำตาล

yǎag dài gra báo sǎ daang bai yaaw sée nãm daan

後背包可以裝很多東西，肩膀不痛。

กระเป๋าสะพายหลังจุของได้เยอะ ไม่ปวดไหล่

gra báo sǎ paai láng ju khórng dài yẽr mài pǔad lǎi

這個皮包是鱷魚皮做的，很耐用。

กระเป๋าใบนี้ทำจากหนังจระเข้ใช้ทนมาก

gra báo bai nẽe tam jǎag náng jor rã khè chãi ton màag

這個皮包很堅固而且很輕。

กระเป๋าใบนี้แข็งแรงแล้วก็เบามาก

gra báo bai nẽe kháeng raeng lãew gòr bao màag

顏色

紅色 สีแดง sée daeng	藍色 สีน้ำเงิน sée nãm ngen	天藍色 สีฟ้า sée fãa
黑色 สีดำ sée dam	白色 สีขาว sée kháaw	綠色 สีเขียว sée khíaw

黃色 **สีเหลือง** sée léung	橘色 **สีส้ม** sée sòm	粉紅色 **สีชมพู** sée chom puu
紫色 **สีม่วง** sée mùang	銀色 **สีเงิน** sée ngen	灰色 **สีเทา** sée tao
金色 **สีทอง** sée torng		咖啡色 **สีน้ำตาล** sée nãm daan

常用句子

你喜歡什麼顏色？

คุณชอบสีอะไร?
kun chòrb sée a rai

我喜歡＿＿＿＿＿顏色

ผมชอบสี ＿＿＿＿＿
póm chòrb sée

你特別喜歡什麼顏色？

คุณชอบสีอะไรเป็นพิเศษ?
kun chòrb sée a rai pen pĭ sĕd

化妝品／保養品

必學單字

化妝品 เครื่องสำอาง krèuang sám aang	口紅 ลิปสติก lipstick	腮紅 บลัชออน blush on
眼影 อายแชโดว eye shadow	睫毛膏 มาสคาร่า maskara	眼線 อายไลเนอร์ eye liner
卸妝油 คลีนซิ่ง cleansing	化妝水 โทนเนอร์ toner	粉底液 ครีมรองพื้น cream rorng pẽun
香水 น้ำหอม nãm hórm	嬰兒爽身粉 แป้งเด็ก pàeng dĕg	涼感爽身粉 แป้งเย็น pàeng yen
粉底 รองพื้น rorng pẽun	蜜粉 แป้งฝุ่น pàeng fŭn	乳霜 ครีม cream

乳液 โลชั่น lotion	面霜 ครีมทาหน้า cream taa nàa	身體霜 ครีมทาตัว cream taa dua

粉餅
แป้งอัดแข็ง / แป้งตลับ
pàeng ǎd kháeng pàeng da lǎb

保養品 ผลิตภัณฑ์บำรุงผิว pa lǐd da pan bam rung píw	化妝刷 แปรงแต่งหน้า praeng dǎeng nàa

護手霜 ครีมทามือ cream taa meu	乾性肌膚 ผิวแห้ง píw hàeng	油性肌膚 ผิวมัน píw man
混合性肌膚 ผิวผสม píw pa sóm	容易過敏肌膚 ผิวแพ้ง่าย píw pãe ngàai	防曬乳 ครีมกันแดด cream gan dǎed
抗皺 ลดริ้วรอย lõd rĩw roi	化妝棉 พัฟ puff	棉花 สำลี sám lee

指甲油 ยาทาเล็บ yaa taa lẽb	刮鬍膏 ครีมโกนหนวด cream goon nǔad
去光水 น้ำยาล้างเล็บ nãm yaa lãang lẽb	肥皂 สบู่ sǎ bǔu

沐浴乳 ครีมอาบน้ำ cream ǎab nãm	洗髮精 ยาสระผม yaa sǎ póm	護髮乳 ครีมนวดผม cream nùad póm

常用句子

這個口紅的顏色很適合你。

ลิปสติกสีนี้เหมาะกับคุณ

lipstick sée nẽe mǒr gǎb kun

你用這個顏色會讓臉更亮白。

คุณใช้สีนี้ทำให้หน้าสว่างขาว

kun chãi sée nẽe tam hài nàa sa wǎang kháaw

身體霜很香，用了肌膚很嫩。

ครีมบำรุงผิวกลิ่นหอม ใช้แล้วผิวเนียนนุ่ม

cream bam rung píw glǐn hórm chāi lāew píw nian nùm

對哪個產品有興趣呢？

สนใจผลิตภัณฑ์แบบไหน?

són jai pa lǐd da pan bǎeb nái

想看 SPF30 以上的防曬乳。

อยากดูครีมกันแดด SPF30ขึ้นไป

yǎag duu cream gan dǎed SPF30 khèun pai

這個可以擦臉部嗎？

อันนี้ใช้ทาหน้าได้ไหม?

an nĕe chāi taa nàa dài mái

哪個牌子賣最好？

ยี่ห้อไหนขายดีที่สุด?

yèe hòr nái kháai dee tèe sǔd

小朋友專用的指甲油。

ยาทาเล็บสำหรับเด็ก

yaa taa lĕb sám lǎb děg

不需要用去光水可以直接撕掉。

ไม่ต้องใช้น้ำยาล้างเล็บ ลอกออกได้เลย

màì dòrng chãi nãm yaa lãang lẽb lòrg ǒrg dài lei

這款眉筆防水嗎？

ดินสอเขียนคิ้ว รุ่นนี้ กันน้ำไหม?

din sór khían kĩw rùn nẽe gan nãm mái

首飾

必學單字

首飾 เครื่องประดับ krèuang pra dǎb	戒指 แหวน wáen	耳環 ต่างหู dǎang húu
墜式耳環 ตุ้มหู dùm húu	手鐲 กำไลข้อมือ gam lai khòr meu	腳環 กำไลข้อเท้า gam lai khòr tão
手錶／時鐘 นาฬิกา naa lĩ gaa	項鍊 สร้อยคอ sòi kor	手鍊 สร้อยข้อมือ sòi khòr meu

腳鍊	墜子	鑰匙圈
สร้อยข้อเท้า	จี้	พวงกุญแจ
sòi khòr tāo	jèe	puang gun jae

銀	金	珍珠	玉
เงิน	ทอง	ไข่มุก	หยก
ngen	torng	khǎi mūg	yǒg

常用句子

這附近有賣飾品嗎？

แถวนี้มีร้านขายเครื่องประดับไหม?

táew nēe mee rāan kháai krèuang pra dǎb mái

純銀飾品。

เครื่องประดับเงินแท้

krèuang pra dǎb ngen tāe

台灣人喜歡玉。

คนไต้หวันชอบหยก

kon taiwan chòrb yǒg

這個戒指是 925 銀做的。

แหวนนี้ทำจากเงินแท้ 925

wáen nēe tam jǎag ngen tāe 925

這個金色手鐲很漂亮。

กำไลข้อมือสีทองสวยมาก

gam lai khòr meu sée torng súay màag

泰國有很多很漂亮的腳鍊。

เมืองไทยมีสร้อยข้อเท้าสวยๆ เยอะมาก

meuang thai mee sòi khòr tāo súay súay yēr màag

這對耳環很漂亮而且不貴。

ต่างหูคู่นี้สวยแล้วก็ราคาไม่แพง

dǎang húu kùu nēe súay lāew gòr raa kaa mài paeng

情侶鑰匙圈。

พวงกุญแจสำหรับคู่รัก

puang gun jae sám rǎb kùu rãg

這條手鍊是 18K 黃金。

สร้อยข้อมือเส้นนี้เป็นสร้อยทอง 18 เค

sòi khòr meu sèn nēe pen sòi torng 18K

配件

必學單字

帽子	眼鏡	傘	雨傘
หมวก	แว่นตา	ร่ม	ร่มกันฝน
mǔag	wàen daa	ròm	ròm gan fón

墨鏡		陽傘	
แว่นตากันแดด wàen daa gan dǎed		ร่มกันแดด ròm gan dǎed	

雨衣	領帶	皮帶	圍巾
เสื้อกันฝน sèua gan fón	เนคไท necktie	เข็มขัด khém khǎd	ผ้าพันคอ pàa pan kor

手帕	擦手巾	腳踏墊
ผ้าเช็ดหน้า pàa chẽd nàa	ผ้าเช็ดมือ pàa chẽd meu	ผ้าเช็ดเท้า pàa chẽd tão

手套	襪子	褲襪
ถุงมือ túng meu	ถุงเท้า túng tão	ถุงน่อง túng nòrng

紀念品／伴手禮

必學單字

紀念品	伴手禮	蜂蜜
ของที่ระลึก khórng tèe rã lẽug	ของฝาก khórng fǎag	น้ำผึ้ง nãm pèung

泡麵 บะหมี่กึ่งสำเร็จรูป ba měe gěung sám rěd rùub	海苔脆片 สาหร่ายอบกรอบ sáa rǎai ǒb grǒrb
香脆花生豆 ถั่วลิสงอบกรอบ tǔa lǐ sóng ǒb grǒrb	調味粉 ผงปรุงรสสำเร็จรูป póng prung rõd sám rěd rùub
烤魷魚乾 ปลาหมึกอบแห้ง plaa měug ǒb hàeng	烘烤芒果乾 มะม่วงอบแห้ง mā mùang ǒb hàeng

牛奶片 นมอัดเม็ด nom ǎd měd	泰國茶 ชาไทย chaa thai	泰式奶茶 ชาเย็น chaa yen
椰子油 น้ำมันมะพร้าว nãm man mã prãaw	青草藥膏 ยาหม่อง yaa mǒrng	提神藥（聞的） ยาดม yaa dom

調味醬 ซอสปรุงรสสำเร็จรูป sauce prung rõd sám rěd rùub	痠痛藥膏 ยาทาแก้ปวดกล้ามเนื้อ yaa taa gàe pǔad glàam nẽua

痠痛貼片	美白牙膏
แผ่นแปะแก้ปวด pǎen pae gàe pǔad	ยาสีฟันฟอกขาว yaa sée fan fòrg kháaw

常用句子

哪裡買得到伴手禮？

จะซื้อของฝากได้ที่ไหน?

ja sēu khórng fǎag dài tèe nái

應該買什麼回去當紀念品？

ควรจะซื้ออะไรไปเป็นของที่ระลึก?

kuan ja sēu a rai pai pen khórng tèe rā lēug

買去送親戚及家人。

ซื้อไปฝากญาติและคนในครอบครัว

sēu pai fǎag yàad lāe kon nai kròrb krua

請介紹適合送給同事的餅乾點心或食品類的東西。

ช่วยแนะนำขนมหรือของกิน
สำหรับแจกเพื่อนที่ทำงานหน่อย

chùay nāe nam kha nóm réu khórng gin sám rǎb jǎeg pèuan tèe tam ngaan nǒi

---

泰國青草藥膏很好用。

ยาหม่องไทยใช้ดีมาก

yaa mǒrng thai chãi dee màag

泰國人喜歡聞提神藥。

คนไทยชอบดมยาดม

kon thai chòrb dom yaa dom

花生豆及海苔脆片是泰國有名的伴手禮。

ถั่วลิสงอบกรอบและสาหร่ายอบกรอบเป็นของฝากขึ้นชื่อของประเทศไทย

tǔa lĩ sóng ǒb grǒrb lãe sáa rǎai ǒb grǒrb pen khórng fǎag khèun chèu khórng pra tèd thai

水上市場

必學單字

水上市場 ตลาดน้ำ da lǎad nãm	遊船 ล่องเรือ lòrng reua	
搭船 นั่งเรือ nàng reua	包船 เหมาลำ máo lam	停靠 จอด jǒrd

常用句子

搭船遊水上市場一個人多少錢？

นั่งเรือเที่ยวตลาดน้ำคิดคนละเท่าไร?

nàng reua tìaw da lǎad nãm kĩd kon lã tào rai

全程多久？

ใช้เวลานานแค่ไหน?

chãi we laa naan kàe nái

這家店東西很漂亮，可以停靠看一下嗎？

ร้านนี้ของสวยดี จอดดูได้ไหม?

rãan nẽe khórng súay dee jǒrd duu dài mái

搭船遊水上市場全程 1 小時。

ล่องเรือเที่ยวชมตลาดน้ำใช้เวลาประมาณ 1 ชั่วโมง

lòrng reua tìaw chom da lǎad nãm chãi we laa pra maan 1 chùa moong

---

想停靠哪裡，可以說喔！

ต้องการแวะหยุดจอดตรงไหน บอกได้นะ

dòrng gaan wãe yǔd jǒrd drong nái bǒrg dài nã

一顆椰子多少錢？

มะพร้าวลูกละเท่าไร?

mã prãaw lùug lã tào rai

老闆，這個怎麼賣？

แม่ค้าอันนี้ขายยังไง?

mãe kãa an nẽe kháai yang ngai

可以包船嗎？怎麼算？

เหมาลำได้ไหม คิดยังไง?

máo lam dài mái kĩd yang ngai

包船可以坐 8 位，一小時 2,000 泰銖。

เหมาลำ นั่งได้ 8 คน คิดชั่วโมงละ 2,000 บาท

máo lam nàng dài 8 kon kĩd chùa moong lã 2,000 bǎad

夜市

必學單字

夜市 ตลาดกลางคืน da lǎad glaang keun	夜市（外來語） ตลาดไนท์มาร์เก็ต da lǎad night market
區域 บริเวณ bor rĩ wen	殺價 ต่อราคา dǒr raa kaa

常用句子

曼谷著名的夜市。

ตลาดกลางคืนชื่อดังในกรุงเทพ

da lǎad glaang kèun chèu dang nai grung tèp

這附近有夜市嗎？

แถวนี้มีตลาดกลางคืนไหม?

táew nẽe mee da lǎad glaang keun mái

夜市裡有吃的，也有東西可買。

ตลาดไนท์มาร์เก็ตมีทั้งของกินและของช้อป

da lǎad night market mee tãng khórng gin lãe khórng shop

適合觀光客。

เหมาะสำหรับนักท่องเที่ยว

mǒr sám rǎb nãg tòrng tìaw

台灣人喜歡逛夜市。

คนไต้หวันชอบเดินตลาดกลางคืน

kon taiwan chòrb den da lǎad glaang keun

這個夜市沒有賣吃的。

ตลาดไนท์มาร์เก็ตนี้ไม่มีอาหารขาย

da lǎad night market nẽe mài mee aa háan khǎai

ตลาดกลางคืนต่อราคาได้ไหม?

da lǎad glaang keun dǒr raa kaa dài mái

促銷／折扣

必學單字

折扣	促銷	減價
ส่วนลด	โปรโมชั่น	ลดราคา
sǔan lõd	promotion	lõd raa kaa
免費	贈送	便宜
ฟรี	แถม	ถูก
free	táem	tǔug
貴	打 9 折	
แพง	ลด 10 เปอร์เซ็นต์	
paeng	lõd 10 percent	

常用句子

現在有打折嗎？

ตอนนี้มีส่วนลดไหม?

dorn nẽe mee sŭan lõd mái

百貨公司有促銷大拍賣。

ห้างสรรพสินค้าจัดโปรโมชั่นลดกระหน่ำ

hàang săb pã sín kãa jăd promotion lõd gra năm

這個買一送一。

อันนี้ซื้อ 1 แถม 1

an nẽe sẽu 1 táem 1

可以再便宜一點嗎？

ลดอีกหน่อยได้ไหม?

lõd ĕeg nŏi dài mái

有更便宜的嗎？

มีที่ถูกกว่านี้ไหม?

mee tèe tŭug gwăa nẽe mái

多買有折扣嗎？

ซื้อเยอะมีส่วนลดไหม?

sẽu yẽr mee sŭan lõd mái

這個產品打 7 折。

สินค้าตัวนี้ ลด 30 เปอร์เซ็นต์

sín kãa dua nẽe lõd 30 percent

全店打 2 到 8 折。

ลดทั้งร้าน 20-80 เปอร์เซ็นต์

lõd tãng rãan 20-80 percent

新產品不打折。

สินค้าใหม่ไม่ลดราคา

sín kāa mǎi mài lōd raa kaa

用信用卡有折扣嗎？

จ่ายบัตรเครดิตมีส่วนลดไหม?

jǎai bǎd credit mee sǔan lōd mái

購物結帳

常用句子

總共多少？

ทั้งหมดเท่าไร?

tãng mǒd tào rai

請用紙袋裝。

ขอถุงกระดาษนะคะ

khór túng gra dǎad nã kã

請幫忙打包／請包成禮盒。

ช่วยห่อให้ด้วย

chùay hǒr hài dùay

只收現金。

รับเฉพาะเงินสด

rãb cha pǒr ngen sǒd

可以用信用卡付費嗎？

จ่ายบัตรเครดิตได้ไหม?

jǎai bǎd credit dài mái

總共 650 泰銖，收您 1,000 泰銖，找您 350 泰銖。

ทั้งหมด 650 บาท รับมา 1,000บาท ทอน 350 บาท

tãng mǒd 650 bǎad rāb maa 1,000 bǎad torn 350 bǎad

下次消費可使用。

ใช้ซื้อของครั้งต่อไป

chāi sēu khórng krāng dǒr pai

退稅

常用句子

旅客要怎麼申請退稅？

นักท่องเที่ยวจะขอคืนภาษีได้ยังไง?

nāg tòrng tìaw ja khór keun paa sée dài yang ngai

這個是免稅商品。

อันนี้เป็นสินค้าปลอดภาษี

an nēe pen sín kāa plǒrd paa sée

有增值税 7%。

ภาษีมูลค่าเพิ่ม 7 เปอร์เซ็นต์

paa sée muun lā kàa pèm 7 percent

可以退税嗎？

ขอคืนภาษีได้ไหม?

khór keun paa sée dài mái

需要用護照嗎？

ต้องใช้พาสปอร์ตไหม?

dòrng chāi passport mái

需要哪些文件？

ต้องใช้เอกสารอะไรบ้าง?

dòrng chāi ěg ga sáan a rai bàang

可以退税百分之多少？

ขอคืนภาษีได้กี่เปอร์เซ็นต์?

khór keun paa sée dài gěe percent

旅客需要在 60 天內帶產品離境。

นักท่องเที่ยวต้องนำสินค้าออกจาก
ประเทศไทยภายใน 60 วัน

nāg tòrng tìaw dòrng nam sín kāa ǒrg jǎag pra tèd thai paai nai 60 wan

買滿 2,000 泰銖才可以申請退稅。

ต้องซื้อครบ 2,000 บาท ถึงจะขอคืนภาษีได้

dòrng sẽu krõb 2,000 bǎad téung ja khór keun paa sée dài

可以在機場退稅。

ขอคืนภาษีได้ที่สนามบิน

khór keun paa sée dài tèe sǎ náam bin

第 **7** 章

住宿

常用單字

飯店 โรงแรม roong raem	賓館／招待所 เกสต์เฮ้าส์ guesthouse	平房 บังกะโล banggalo
五星級飯店 โรงแรม 5 ดาว roong raem 5 daaw	豪華 หรูหรา rúu ráa	房間 ห้องพัก hòrng pāg

渡假屋 บ้านพักตากอากาศ bàan pāg dǎag aa gǎad	四人房 ห้องสำหรับ 4 คน hòrng sám rǎb 4 kon

單人房 ห้องเดี่ยว hòrng dǐaw	雙人房 ห้องคู่ hòrng kùu	套房 ห้องสวีท hòrng suite

廚房 ห้องครัว hòrng krua	洗手間 ห้องน้ำ hòrng nām	零食 อาหารว่าง aa háan wàang	早餐 อาหารเช้า aa háan chão

晚餐	客房客滿	空房
อาหารเย็น aa háan yen	ห้องเต็ม hòrng dem	ห้องว่าง hòrng wàang

飯店設施

必學單字

游泳池	商務中心
สระว่ายน้ำ sǎ wàai nãm	ศูนย์บริการธุรกิจ súun bor rĩ gaan tũ rã gǐd
餐廳 ห้องอาหาร hòrng aa háan	會議室 ห้องประชุม hòrng pra chum
健身房 ห้องออกกำลังกาย ／ ยิม hòrng ǒrg gam lang gaai gym	

房間內部

必學單字

床 เตียง diang	枕頭 หมอน mórn	抱枕 หมอนข้าง mórn khàang
棉被 ผ้าห่ม pàa hǒm	床單 ผ้าปูที่นอน pàa buu tèe norn	拖鞋 รองเท้าแตะ rorng tão dae

桌子 โต๊ะ dõ	椅子 เก้าอี้ gào yèe	沙發 โซฟา soo faa	窗 หน้าต่าง nàa dǎang

衣櫃 ตู้เสื้อผ้า dùu sèua pàa	門 ประตู pra duu	窗簾 ผ้าม่าน pàa màan

電話 โทรศัพท์ too rã săb	電視 โทรทัศน์ too rã tãd	檯燈 โคมไฟ koom fai
菸灰缸 ที่เขี่ยบุหรี่ tèe kĭa bu rĕe	鑰匙 กุญแจ gun jae	房卡 คีย์การ์ด keycard
竹簾／木簾百葉窗 มู่ลี่ mùu lèe	冰箱 ตู้เย็น dùu yen	保險箱 ตู้เซฟ dùu safe

吹風機 เครื่องเป่าผม krèuang păo póm	冷氣／空調 เครื่องปรับอากาศ krèuang prăb aa găad

快煮壺 กาต้มน้ำ gaa dòm nãm	Mini bar（旅館客房內） มินิบาร์ minibar	零食餅乾 ขนมอบกรอบ kha nóm ŏb grŏrb

飲料 เครื่องดื่ม krèuang dĕum	網路 อินเตอร์เน็ต internet

浴室

必學單字

浴室 ห้องน้ำ hòrng nãm	衛生紙 กระดาษทิชชู่ gra dǎad tissue	馬桶 ชักโครก chãg kròog
洗手台 อ่างล้างมือ ǎang lãang meu	蓮蓬頭 ฝักบัว fãg bua	浴缸 อ่างอาบน้ำ ǎang ǎab nãm
手帕 ผ้าเช็ดหน้า pàa chẽd nàa	窗簾 ผ้าม่าน pàa màan	浴巾 ผ้าเช็ดตัว pàa chẽd dua
擦手巾 ผ้าเช็ดมือ pàa chẽd meu	水龍頭 ก๊อกน้ำ gõrg nãm	牙膏 ยาสีฟัน yaa sée fan

牙刷 แปรงสีฟัน praeng sée fan	肥皂 สบู่ să bŭu	沐浴乳 ครีมอาบน้ำ cream ǎab nãm
洗髮精 ยาสระผม yaa să póm	潤髮乳 ครีมนวดผม cream nùad póm	刮鬍刀 มีดโกนหนวด mèed goon nǔad

常用句型

我要訂＿＿＿＿房。

我要訂＿＿＿＿房。

ต้องการจอง＿＿＿＿

dòrng gaan jorng

必學單字

單人房 ห้องเดี่ยว hòrng dǐaw	雙人房 ห้องคู่ hòrng kùu	套房 ห้องสวีท hòrng suite

常用句型

房間裡有＿＿＿＿嗎？

房間裡有＿＿＿＿嗎？

ในห้องมี＿＿＿＿ไหม?

nai hòrng mee ＿＿＿＿ mái

必學單字

保險箱 ตู้เซฟ dùu safe	網路 อินเตอร์เน็ต internet	快煮壺 กาต้มน้ำ gaa dòm nãm
冰箱 ตู้เย็น dùu yen	吹風機 ไดร์เป่าผม dai pǎo póm	拖鞋 รองเท้าแตะ rorng tão dae

常用句型

＿＿＿＿在哪裡？

＿＿＿＿在哪裡？

＿＿＿＿อยู่ที่ไหน?

yǔu tèe nái

必學單字

劇院室 ห้องดูหนัง hòrng duu náng	溫泉 SPA สปา spa
卡拉 OK 房 ห้องคาราโอเกะ hòrng karaoke	

訂房

常用句子

你好，我要預訂房間。

สวัสดีครับ ผมขอจองห้องพักครับ

sa wǎd dee krãb póm khór jorng hòrng pãg krãb

幾號？

วันที่เท่าไร?

wan tèe tào rai

3 月 22 日。

วันที่ 22 มีนาคม

wan tèe 22 mee naa kom

明天晚上。

คืนพรุ่งนี้

keun prùng nẽe

有空房嗎？

มีห้องว่างไหม?

mee hòrng wàang mái

住幾晚？

พักกี่คืน?

pãg gěe keun

住 2 晚。

พัก 2 คืน

pãg 2 keun

要單人房還是雙人房？

ต้องการห้องเดี่ยวหรือห้องคู่?

dòrng gaan hòrng dǐaw réu hòrng kùu

雙人房，兩張小床。

ห้องคู่, เตียงเล็ก 2 เตียง

hòrng kùu diang lẽg 2 diang

雙人房，一張大床。

ห้องคู่, เตียงใหญ่ 1 เตียง

hòrng kùu diang yǎi 1 diang

含早餐嗎？

รวมอาหารเช้าไหม?

ruam aa háan chão mái

一晚多少錢？

ราคาห้องคืนละเท่าไร?

raa kaa hòrng keun lã tào rai

有更便宜的房間嗎？

มีห้องที่ถูกกว่านี้ไหม?

mee hòrng tèe tǔug gwǎa nẽe mái

房內有浴室。

ห้องน้ำในตัว

hòrng nãm nai dua

共用浴室。

ใช้ห้องน้ำรวม

chãi hòrng nãm ruam

浴室是分開的。

ห้องน้ำแยกต่างหาก

hòrng nãm yàeg dăang hăag

飯店已滿。

โรงแรมเต็มแล้ว

roong raem dem lãew

有家庭 4 人房嗎？

มีห้องสำหรับครอบครัว 4 คนไหม?

mee hòrng sám răb kròrb krua 4 kon mái

加一張小床，怎麼算？

เพิ่มเตียงเล็ก 1 เตียงคิดยังไง?

pèm diang lēg 1 diang kĩd yang ngai

房間有陽台可觀海景。

ห้องมีระเบียงชมวิวทะเล

hòrng mee rã biang chom view tã le

有機場接送服務嗎？

มีบริการรับส่งสนามบินไหม?

mee bor rĩ gaan răb sŏng sa náam bin mái

取消和更改訂房

常用句子

我要取消所預訂的房間。

ขอยกเลิกห้องพักที่จองไว้

khór yõg lèrg hòrng pãg tèe jorng wãi

請告知訂房者姓名及日期。

ขอชื่อผู้จองและวันที่เข้าพัก

khór chèu pùu jorng lãe wan tèe khào pãg

取消有費用嗎？

ยกเลิกมีค่าใช้จ่ายไหม?

yõg lèrg mee kàa chãi jǎai mái

提早 3 日取消訂房，沒有費用。

ยกเลิกห้องพักล่วงหน้า ๓ วัน ไม่มีค่าใช้จ่าย

yõg lèrg hòrng pãg lùang nàa 3 wan mài mee kàa chãi jǎai

我要更改入住日期。

ขอเปลี่ยนวันเข้าพัก

khór plǐan wan khào pãg

我要更換房間。

ขอเปลี่ยนห้องพัก

khór plǐan hòrng pãg

登記入住

常用句子

訂房證明。

เอกสารการจอง

ěg ga sáan gaan jorng

下午兩點過後辦理入住。

เช็คอินหลังบ่าย 2 โมง

check in láng bǎai 2 moong

透過訂房網站訂房。

จองผ่านเว็บไซต์จองห้อง

jorng pǎan website jorng hòrng

預訂人名字叫瑪莉。

จองไว้ในชื่อมะลิ

jorng wãi nai chèu mã lĩ

請提供護照。

ขอหนังสือเดินทางด้วย

khór náng séu den taang dùay

請提供信用卡。

ขอบัตรเครดิตด้วย

khór bǎd credit dùay

有停車位嗎？

มีที่จอดรถไหม?

mee tèe jǒrd rõd mái

預先刷信用卡佔用額度。

รูดบัตรเครดิตกันวงเงิน

rùud bǎd credit gan wong ngen

餐食

常用句子

早餐在幾樓？

ห้องอาหารเช้าอยู่ชั้นไหน?

hòrng aa háan chão yǔu chãn nái

要用早餐券嗎？

ต้องใช้คูปองอาหารเช้าไหม?

dòrng chãi coupon aa háan chão mái

告知工作人員房號。

แจ้งหมายเลขห้องพักกับพนักงาน

jàeng máai lèg hòrng pãg gǎb pã nãg ngaan

早餐幾點到幾點？

อาหารเช้ากี่โมงถึงกี่โมง?

aa háan chão gěe moong téung gěe moong

點心是下午幾點？

อาหารว่างช่วงบ่ายกี่โมง?

aa háan wàang chùang bǎai gěe moong

晚餐幾點開始？

อาหารเย็นเริ่มกี่โมง?

aa háan yen rèm gĕe moong

上網

常用句子

房間有網路嗎？

ในห้องมีอินเตอร์เน็ตไหม?

nai hòrng mee internet mái

需要用密碼嗎？

ต้องใช้รหัสไหม?

dòrng chāi rā hăd mái

網路密碼是什麼？

รหัสอินเตอร์เน็ตคืออะไร?

rā hăd internet keu a rai

網路密碼就是你的房間號碼。

รหัสอินเตอร์เน็ตคือ หมายเลขห้องพักของคุณ

rā hăd internet keu máai lèg hòrng pāg khórng kun

飯店附近有網咖嗎？

ใกล้ๆ โรงแรมมีอินเตอร์เน็ตคาเฟ่ไหม?

glài glài roong raem mee internet café mái

入住後的問題

常用句子

這不是我預訂的房型。

นี่ ไม่ใช่ห้องพักที่จองไว้

nèe mài chài hòrng pāg tèe jorng wāi

要加一張小床。

ขอเพิ่มเตียงเล็ก 1 เตียง

khór pèm diang lēg 1 diang

房間有煙味。

ในห้องมีกลิ่นบุหรี่

nai hòrng mee glǐn bu rěe

可以換房嗎？

ขอเปลี่ยนห้องได้ไหม?

khór plĭan hòrng dài mái

要換有海景的房間。

ขอเปลี่ยนห้องที่มีวิวทะเล

khór plĭan hòrng tèe mee view tā le

可以在房間吃東西嗎？

ทานอาหารในห้องได้ไหม?

taan aa háan nai hòrng dài mái

請給我盤子、碗、湯匙、叉子。

ขอจาน ชาม ช้อน ส้อม หน่อย

khór jaan chaam chõrn sòrm nŏi

隔壁房間很大聲，無法睡覺。

ห้องข้างๆ เสียงดังมาก นอนไม่ได้เลย

hòrng khàang khàang síang dang màag norn mài dài lei

麻煩你們處理一下。

กรุณาจัดการให้ด้วย

ga rũ naa jăd gaan hài dùay

房間設施故障

常用句子

冷氣不能運轉。

เครื่องปรับอากาศไม่ทำงาน

krèuang prăb aa găad mài tam ngaan

麻煩派人過來看一下 。

ช่วยส่งคนมาดูหน่อย

chùay sŏng kon maa duu nŏi

冷氣不涼。

เครื่องปรับอากาศไม่เย็น

krèuang prăb aa găad mài yen

出去陽台的門無法開。

ประตูระเบียงเปิดไม่ได้

pra duu rã biang pĕd mài dài

吹風機不能用。

ไดร์เป่าผมใช้งานไม่ได้

dai păo póm chãi ngaan mài dài

窗戶打不開。

หน้าต่างเปิดไม่ได้
nàa dǎang pěd mài dài

熱水器不能運作。

เครื่องทำน้ำอุ่นไม่ทำงาน
krèuang tam nãm ǔn mài tam ngaan

水龍頭沒有水。

น้ำไม่ไหล
nãm mài lái

馬桶沖不下去。

ชักโครกกดไม่ลง
chãg kròog gǒd mài long

房間裡的燈不亮。

ไฟในห้องไม่สว่าง
fai nai hòrng mài sa wǎang

何時修好？

เมื่อไหร่ซ่อมเสร็จ?
mèua rǎi sòrm sěd

要多少時間？

จะใช้เวลานานแค่ไหน?
ja chãi we laa naan kàe nái

打電話

常用句子

撥打電話要按幾號？

โทรศัพท์ออกต้องกดเบอร์อะไร?

too rā săb ŏrg dòrng gŏd ber a rai

國際電話怎麼算？

โทรศัพท์ระหว่างประเทศคิดยังไง?

too rā săb rā wăang pra tèd kĭd yang ngai

撥打隔壁房要按幾號？

โทรศัพท์ไปห้องข้างๆ ต้องกดเบอร์อะไร?

too rā săb pai hòrng khàang khàang dòrng gŏd ber a rai

按 2，然後按房號。

กด 2 แล้วตามด้วยหมายเลขห้อง

gŏd 2 lāew daam dùay máai lèg hòrng

按 1，然後按要撥打的號碼。

กด 1 แล้วตามด้วยหมายเลยปลายทาง

gŏd nĕung lāew daam dùay máai lèg plaai taang

國內電話費每一分鐘 10 泰銖。

ค่าโทรศัพท์ในประเทศ นาทีละ 10 บาท

kàa too rã sǎb nai pra tèd naa tee lã 10 bǎad

客房服務

常用句子

要冰塊和 3 個杯子。

ขอน้ำแข็งและแก้วน้ำ 3 ใบ

khór nãm kháeng lãe gàew nãm 3 bai

要針線縫衣服。

ขอเข็มและด้ายเย็บผ้า

khór khém lãe dàai yẽb pàa

有乾洗服務嗎？

มีบริการซักแห้งไหม?

mee bor rĩ gaan sãg hàeng mái

西裝送乾洗怎麼算？

ซักแห้งเสื้อสูทคิดยังไง?

sãg hàeng sèua suit kĩd yang ngai

櫃台服務

常用句子

房間鑰匙／房卡弄丟了。

กุญแจห้อง / คีย์การ์ดหาย

gun jae hòrng keycard háai

無法打開房門。

เปิดห้องไม่ได้

pĕd hòrng mài dài

房間鑰匙／房卡忘在房間裡。

ลืมกุญแจ / คีย์การ์ดไว้ในห้อง

leum gun jae keycard wāi nai hòrng

有寄信服務嗎？

มีบริการส่งจดหมายไหม?

mee bor rī gaan sŏng jŏd máai mái

請幫忙叫計程車去 Siam。

ช่วยเรียกรถแท็กซี่ไปสยามให้หน่อย

chùay rìag rōd taxi pai sa yáam hài nŏi

請幫忙打電話報警。

ช่วยโทรศัพท์แจ้งตำรวจหน่อย
chùay too rã sǎb jàeng dam rǔad nǒi

護照丟了。

หนังสือเดินทางหาย
náng séu den taang háai

錢包丟了。

กระเป๋าสตางค์หาย
gra bao sǎ daang háai

預訂明天下午三點 SPA。

ต้องการจองสปา ตอนบ่าย 3 โมงพรุ่งนี้
dòrng gaan jorng spa dorn bǎai 3 moong prùng nẽe

哪天有瑜珈課程？

คลาสเรียนโยคะมีวันไหนบ้าง?
class rian yoga mee wan nái bàang

今天有泰式料理烹飪課程嗎？

วันนี้มีคลาสเรียนทำอาหารไทยไหม?
wan nẽe mee class rian tam aa háan thai mái

退房

常用句子

幾點前退房？

เช็คเอ๊าท์ก่อนกี่โมง?

check out gŏrn gĕe moong

可以晚點退房嗎？

ขอเช็คเอ๊าท์สายหน่อยได้ไหม?

khór check out sáai nŏi dài mái

沒有用 Mini bar。

ไม่ได้ใช้มินิบาร์

mài dài chāi minibar

Mini bar 費共 500 泰銖。

ค่ามินิบาร์รวม 500 บาท

kàa minibar ruam 500 bǎad

入住前已經付清了。

จ่ายค่าห้องทั้งหมดก่อนเข้าพักแล้ว

jăai kàa hòrng tāng mŏd gŏrn khào pāg lāew

請開收據。

ขอใบเสร็จรับเงินด้วย

khór bai sĕd rāb ngen dùay

收據請寫公司名 JC。

กรุณาเขียนใบเสร็จในนามบริษัท JC

ga rŭ naa khían bai sĕd nai naam bor rī săd JC

第8章

特殊狀況

緊急情況用語

必學詞彙

救命
ช่วยด้วย
chùay dùay

小心
ระวัง
rã wang

火災
ไฟไหม้
fai mài

叫警察
เรียกตำรวจ
rìag dam rǔad

不要碰我
อย่ามาแตะตัวผม
yǎa maa dae dua póm

走開
ไปไกลๆ
pai glai glai

不要靠近我
อย่ามาเข้าใกล้ฉัน
yǎa maa khào glài chán

小偷
ขโมย
kha mooi

幫忙一下
ช่วยหน่อย
chùay nǒi

小心滑倒
ระวังลื่น
rã wang lèun

身體不適

必學單字

肚子痛 ปวดท้อง pǔad tõrng	頭痛 ปวดหัว pǔad húa	拉肚子 ท้องเสีย tõrng sía	發燒 เป็นไข้ pen khài
感冒 เป็นหวัด pen wǎd	頭暈 เวียนหัว wian húa	噁心 คลื่นไส้ klèun sài	嘔吐 อาเจียน aa jian
打針 ฉีดยา chěed yaa	服藥 กินยา gin yaa	開刀 ผ่าตัด pǎa dǎd	跌倒 หกล้ม hǒg lõm
滑倒 ลื่นล้ม lèun lõm	醫生 หมอ mór	護士 พยาบาล pã yaa baan	診所 คลินิก clinic

醫院 โรงพยาบาล roong pã yaa baan	藥局 ร้านขายยา rãan kháai yaa	藥劑師 เภสัชกร pe sǎd cha gorn

感覺不舒服 รู้สึกไม่สบาย rũu sěug mài să baai	很累 เหนื่อยมาก něua màag
走不動了 เดินไม่ไหวแล้ว den mài wái lãew	我休息一下 ขอพักหน่อย khór pãg nŏi

痛

必學單字

	例如	
❶ 痛 ปวด pŭad 通常用在內傷或痠痛類的痛	腳痠痛 ปวดขา pŭad kháa	眼睛痠痛 ปวดตา pŭad daa
❷ 痛 เจ็บ jěb 通常用在外傷的痛	腳痛 เจ็บขา jěb kháa	眼睛痛 เจ็บตา jěb daa

常用句型

我________痛
❶ 內傷或痠痛類的痛 ผม / ฉัน ปวด ________ póm chán pǔad ❷ 外傷的痛 ผม / ฉันเจ็บ ________ póm chán jĕb

必學單字

這裡 ตรงนี้ drong nẽe	牙齒 ฟัน fan	肩膀 ไหล่ lǎi	手臂 แขน kháen
肚子 ท้อง tõrng	胃 กระเพาะ gra põr	腸子 ลำไส้ lam sài	胸 อก ǒg
心臟 หัวใจ húa jai	腳踝 ข้อเท้า khòr tão	手腕 ข้อมือ khòr meu	頭 หัว húa

手	腳	脖子	眼
มือ meu	ขา kháa	คอ kor	ตา daa

耳	鼻	指（統稱）
หู húu	จมูก ja mǔug	นิ้ว nĩu
手指 นิ้วมือ nĩu meu	腳趾 นิ้วเท้า nĩu tão	背 หลัง láng

警察局

必學詞彙

警察局	警察局（口語）	被偷。
สถานีตำรวจ sǎ táa nee dam rǔad	โรงพัก roong pãg	โดนขโมย doon kha mooi

錢包不見了。 **กระเป๋าเงินหาย** gra báo ngen háai	護照丟了。 **หนังสือเดินทางหาย** náng séu den taang háai
我來報警。 **ผมมาแจ้งความ** póm maa jàeng kwaam	發生什麼事？ **เกิดอะไรขึ้น?** gěd a rai khèun
署名／簽署人姓名。 **ลงนาม** long naam	簽名／簽字。 **เซ็นชื่อ** chen chèu

加入晨星

即享『50 元 購書優惠券』

回函範例

您的姓名： 晨小星

您購買的書是： 貓戰士

性別： ●男 ○女 ○其他

生日： 1990/1/25

E-Mail： ilovebooks@morning.com.tw

電話／手機： 09××-×××-×××

聯絡地址： 台中　市　　西屯　區

工業區 30 路 1 號

您喜歡：●文學 / 小說　●社科 / 史哲　●設計 / 生活雜藝　○財經 / 商管
（可複選）●心理 / 勵志　○宗教 / 命理　○科普　　○自然　●寵物

心得分享：
我非常欣賞主角…

本書帶給我的…

"誠摯期待與您在下一本書相遇，讓我們一起在閱讀中尋找樂趣吧！"

國家圖書館出版品預行編目（CIP）資料

開始遊泰國說泰語／陳家珍(Srisakul Charerntantanakul)
著. -- 初版. -- 臺中市：晨星出版有限公司, 2023.05
304面；16.5×22.5公分. --（Travel talk ; 15）
ISBN 978-626-320-386-0（平裝）

1.CST: 泰語 2.CST: 旅遊 3.CST: 會話

803.7588   112001051

Travel Talk 015
開始遊泰國說泰語

作者	陳家珍 Srisakul Charerntantanakul
編輯	余順琪
校對	陳馨
封面設計	高鍾琪
美術編輯	王廷芬

創辦人	陳銘民
發行所	晨星出版有限公司
	407台中市西屯區工業30路1號1樓
	TEL：04-23595820　FAX：04-23550581
	E-mail：service-taipei@morningstar.com.tw
	http://star.morningstar.com.tw
	行政院新聞局局版台業字第2500號
法律顧問	陳思成律師
初版	西元2023年05月01日
初版二刷	西元2023年10月10日

讀者服務專線	TEL：02-23672044／04-23595819#212
讀者傳真專線	FAX：02-23635741／04-23595493
讀者專用信箱	service@morningstar.com.tw
網路書店	http://www.morningstar.com.tw
郵政劃撥	15060393（知己圖書股份有限公司）

印刷	上好印刷股份有限公司

定價 350 元
（如書籍有缺頁或破損，請寄回更換）
ISBN：978-626-320-386-0

圖片來源：shutterstock.com

Published by Morning Star Publishing Inc.
Printed in Taiwan

| 最新、最快、最實用的第一手資訊都在這裡 |